Raphael

dtv

W0265758

Alltag in der polnischen Provinz nach dem Beitritt zur Europäischen Union: Die einst vertraute dörfliche Lebenswelt ist in Auflösung begriffen, geblieben ist die Erinnerung an eine bessere kommunistische Vergangenheit. Nur der Schmalspuroligarch und Sägewerksbesitzer Józef Myśliwski versteht es, die Möglichkeiten der Umbruchzeit zu nutzen. Als einziger Arbeitgeber vor Ort bindet er die Männer mit Wodka und Pornofilmen an sich und träumt davon, den polnischen Holzmarkt zu erobern. Seine Rechnung scheint zunächst aufzugehen, doch schließlich verfängt auch er sich in den Fallstricken des Kapitalismus – bis am Ende alles in Flammen steht.
Lakonisch und dabei ausgesprochen feinfühlig erzählt Odija von den Verlierern des politischen Umbruchs und zeigt ein Polen jenseits der aufstrebenden großen Städte.
»Odija liebt seine Helden, auch wenn sie vulgär, brutal oder nichtig erscheinen. Dem aufgewühlten Leser ergeht es genauso«, schreibt Mathias Schnitzler in der ›Berliner Zeitung‹.

Daniel Odija, geboren 1974, studierte in Danzig Polonistik und ist als Fernsehjournalist und Schriftsteller tätig. Er gilt als einer der Wortführer einer neuen Generation polnischer Autoren. ›Das Sägewerk‹ ist sein zweiter Roman und sein erster auf Deutsch. Daniel Odija lebt mit seiner Familie in Słupsk.

Daniel Odija

Das Sägewerk

Roman

Aus dem Polnischen
von Martin Pollack

Deutscher Taschenbuch Verlag

Mit freundlicher Unterstützung von
© POLAND Polish Literary Fund
aus den Mitteln des Kulturministeriums und dem
National Heritage der Republik Polen

April 2009
Deutscher Taschenbuch Verlag GmbH & Co. KG,
München
www.dtv.de
Lizenzausgabe mit Genehmigung des Paul Zsolnay Verlags Wien
© by Daniel Odija, 2003
© der deutschen Ausgabe: Paul Zsolnay Verlag Wien, 2006
Die Originalausgabe erschien erstmals 2003
unter dem Titel ›Tartak‹ im Verlag Czarne, Wołowiec.
Umschlagkonzept: Balk & Brumshagen
Umschlaggestaltung: Kathrin Hörmann
unter Verwendung eines Fotos
von Ostkreuz/Jordis Antonia Schlösser
Satz: Eva Kaltenbrunner-Dorfinger, Wien
Gesamtherstellung: Druckerei C. H. Beck, Nördlingen
Gedruckt auf säurefreiem, chlorfrei gebleichtem Papier
Printed in Germany · ISBN 978-3-423-13752-2

Das Sägewerk

Luft und nicht nur

Vor nicht zu langer Zeit gab es hier ein Gewitter. Es kam am späten Abend. Der Schatten, den die Wolken warfen, beschleunigte das Hereinbrechen der Nacht. An ein solches Gewitter konnte sich keiner erinnern, und das lag nicht an der Erinnerung, sondern am mächtigen Zorn, der die Welt erfaßte. Von Zeit zu Zeit stieg aus den umliegenden Bäumen Rauch auf, der jedoch gleich wieder von den Regengüssen erstickt wurde. Blitze bissen in die Hochspannungsleitungen, und manchmal schlug ein Federbusch aus Funken empor. Das erinnerte an Neujahrsfeuerwerke, nur daß diese Funken greller waren. Das hier war ein echtes Feuer, nicht irgendein Hinterhofzauber. Und erst das Krachen. Es grollte, als würde eine unvorstellbare Kraft irgendwo oben eine gigantische Platte aus rostfreiem Blech verbiegen.

Nach einer Stunde beruhigte es sich ein wenig, der Donner zog vorüber, doch die Blitze blieben. Immer noch rauschte das Wasser. Józef bemühte sich, keinem ins Gesicht zu sehen, denn sobald er hinschaute, blitzte es. Für eine Sekunde wurde es dann unheimlich. Er sah das Gesicht seiner Frau. Ihre Augen lagen im Schatten der Höhlen, und die Zähne schoben sich allzu deutlich zwischen den Lippen hervor. Sie wurde in Leichenlicht getaucht. Sie wollte ihm wohl etwas sagen. Irgendwie schienen ihre Zähne hervorzutreten. Offenbar sah sie auch in seinem Gesicht etwas, was sie nicht sehen wollte, denn sie machte bloß den Mund auf. Es gelang ihr, ein undeutliches a… a… hervorzustoßen. In diesem Moment dachte Józef, daß sich unter dem Gesicht, das wir bei Tageslicht sehen, immer das zweite verbirgt, das später einmal der Sargdeckel zudeckt.

In der Stadt wurden die Straßen überflutet. Aus den Kanalschächten schoß es wie aus Sektflaschen empor. Scheiße schwappte heraus. Das Wasser stieg über die Wagendächer. Es verdeckte und verbog die Verkehrsschilder. Zum Glück dauerte es nur ein paar Stunden. Daher gab es nicht allzu viele Opfer. Angeblich erlitt ein Mann während des Telefonierens einen Stromschlag. Außerdem starben drei Menschen an einem Herzinfarkt. Sie waren offenbar vor der Zukunft erschrocken.

Von dem auf dem Wasser schwimmenden Dreck bekamen die Menschen Ausschläge. Es wurde jedoch dementiert, daß eine Epidemie drohte. Im Fernsehen zeigte man bis zum Überdruß und mit einer gewissen sadistischen Befriedigung weinende Männer, die erklärten, vom ganzen Erwerb ihres Lebens sei ihnen nur das geblieben, was sie am Leib trugen. Die Frauen heulten überhaupt nur mehr.

Hier hatte das Wasser keinerlei Schäden angerichtet. Der Boden hatte alles in sich aufgesogen. Da waren nur diese Blitze. Die jagten einem Angst ein. Doch die Angst währte bloß einen Augenblick, und wenn sie nicht so groß ist, daß sie die Seele angreift, vergißt man sie gleich wieder.

Als das Unwetter vorbei war, erschien die Luft irgendwie durchsichtiger. Der Atem ging wieder normal. Man konnte von neuem an nichts denken, nur das beobachten, was ringsum war.

Sägewerk und nicht nur

Die Häuser stehen hier etwas weiter auseinander. Vom ersten Haus kann man das zweite, vom zweiten das dritte und vom dritten das erste nicht sehen. In diesen Häusern wohnen Menschen. Es sind nicht viele, und sie treffen einander selten. Offenbar haben sie kein Verlangen danach.

Józef Myśliwski hat fast den ganzen Boden aufgekauft. Er gehörte ihm nicht von Anfang an, sondern er erwarb ihn durch harte Arbeit. Nicht alle arbeiteten gern. Myśliwski jedoch machte die Arbeit nichts aus.

Als er hierher kam, war er der erste, der einen eigenen Traktor besaß. Er hatte auch einen Lieferwagen, einen alten Żuk, und genug Mut, um für geborgtes Geld Käfige zu kaufen. In die sperrte er schrill winselnde Füchse – wegen der Felle, aus denen kuschelige Pelzmäntel genäht wurden.

Er stand wochentags wie feiertags im Morgengrauen auf. Die Tiere mußten gefüttert werden. Er mischte für sie Fischmehl mit Vitaminpulver. Das Futter holte er mit seinem Żuk aus der Stadt. Außerdem bestellte er seine Felder, nichts Großartiges: etwas Roggen, vielleicht ein paar Kartoffeln. Für die paar Schweine, die er für die

Feiertage hielt, und die wenigen Kühe, wegen der Milch. Es kam auch immer etwas für den Verkauf zusammen.

Wie ein Ochse schuftete er, zahlte die Schulden zurück, und es blieb ihm immer mehr Geld. Damit machte er sich keine Freunde. Da kommt so einer daher und stolziert gleich herum, als hätte er die Hosen vollgeschissen, sagten die Leute. Im übrigen muß einer mit viel Geld ein Dieb sein.

Einmal kehrte er mit dem Traktor vom Feld zurück, da sah er einen alten Mann. Der Alte stand mitten auf dem Weg, so daß Myśliwski nicht an ihm vorbeikam.

»Was ist los, Mann?« Er gab sich Mühe, höflich zu sein. »Willst du nicht zur Seite gehen?«

»Tfuuu!« spuckte der Alte ihm vor den Reifen.

Józef Myśliwski stellte den Motor ab und stieg vom Traktor.

»Weißt du, daß das alles einmal mir gehören wird?« warf er nachlässig hin und zeigte auf die Felder.

Der Alte warf ihm einen triefenden Blick aus kranken Augen zu. Myśliwski entdeckte darin einen Haß, der den anderen von innen heraus zerfressen mußte. Er hielt dem Blick stand und trat so dicht an ihn heran, daß sich ihre Nasen beinahe berührten. Dazu beugte er sich zu ihm hinunter.

»Du wirst mich nicht verhexen, Alter, Hurerei, verdammte!« zischte er. »Ich hab schon ganz andere als dich zu Dünger gemacht.«

Er ging zurück zum Traktor und rief, während er den Motor anließ:

»Und jetzt verpiß dich, sonst fahr ich dich nieder!« Und er fuhr los.

Der Alte sprang im letzten Moment zur Seite.

»Tfuuu!« spuckte er hinter Myśliwski aus. »Daß dich …!«

Es hatte den Anschein, als liebte Józef Myśliwski seine Frau nicht. Weil sie ihm jedoch einen Sohn geschenkt hatte, behielt er sie. Außerdem brauchte er jemanden für die Arbeit. Maria Myśliwska hatte Angst vor ihrem Mann. Sie war eine zarte, stille Person und ständig überarbeitet. Sie hatte lange Haare, die sie jedoch bald nach der Geburt abschnitt, weil sie meinte, die Haare hätten ihr die Luft genommen, als sie Krzysztof gebar. Außerdem war sie überzeugt, daß einen lange Haare verraten. Sie liegen überall herum, und man sieht, wieviel einem ausfallen und wie rasch man altert. Kurze Haare fallen einem zwar genauso aus, aber das merkt man nicht so, und der Mensch konzentriert sich nicht auf seinen eigenen Verfall.

Józef warf Maria oft vor, daß sie nicht mehr zustande gebracht hatte. Sie hatte ihm nur einen Sohn geboren, der in all den Jahren zwar herangewachsen war, aber was hatte man von seinem Heranwachsen, wenn es nur einer war. Aus einem kannst du keine Armee machen.

Maria konnte sich an die Geburt erinnern, obwohl ihr manchmal schien, als habe sie das alles bloß geträumt. Józef war auf dem Feld gewesen, und sie hatte wie immer bei den Füchsen geschuftet. Mit der Schaufel holte sie den Fuchsdreck unter den Käfigen hervor und warf ihn in den Schubkarren. Ihr Bauch, zu einem riesigen Laib angeschwollen, war ihr dabei im Weg. Als sie ein stechender Schmerz in den Unterleib trat, wußte sie, daß es losging. Die Füchse waren sichtbar unruhig. Nervös schnupperten sie nach etwas Unsichtbarem in der Luft. Sie begannen schrill zu kläffen, wie erschreckte Affen, es klang wie das Schreien von Verwundeten. Maria wußte, daß sie sich irgendwo verbergen mußte. Der Stall war am nächsten.

Hier fiel sie auf die Knie, von den Knien auf den Rükken und in den Dreck. Sie hatte den Eindruck, als näherten sich ihr von Melasse glänzende Schnauzen. Sie sah handtellergroße Augen über sich und in den Augen Tränen, die zu ovalen Kristallen erstarrten. Sie wollte daran glauben, daß jemand Mitleid mit ihr empfand.

Sie kämpfte lange. Sie war zu schwach, um die Sache sofort hinter sich zu bringen. Ein paarmal wollte sie sich schon aufgeben, und sie versuchte, nicht mehr zu atmen, doch die schneidenden Krämpfe weckten sie wieder. Als Józef zum Mittagessen kam, quälte sie sich noch immer. Sie schaffte es erst im städtischen Spital, wo man sie aufschnitt wie einen Fisch und den besinnungslosen Krzysztof herausholte.

Der scharfe Gestank des Fuchskotes hüllte die ganze Umgebung ein. Nachts heulten die Füchse vor Sehnsucht nach Freiheit. Das Gitter der Käfige zerschnitt ihre Welt zu einem Mosaik aus Draht. Instinktiv versuchten sie, es durchzubeißen. Doch als das einem tatsächlich gelang, blieb er einige Zeit belämmert über dem Loch im Boden stehen. Das bemerkte Myśliwski. Er trat ein paarmal gegen das untere Gitter, und da wurde dem Fuchs offenbar klar, daß er die Chance zur Flucht vertan hatte. Der Fuchs fletschte die gelben Fangzähne, doch das war schon alles.

Es waren keine wilden Füchse. Seit Generationen wegen ihrer Felle gezüchtet, hatten sie in den Käfigen ihre sprichwörtliche Schlauheit eingebüßt. Dafür bekamen sie ein silbriges Fell, schwarz geflämmt oder mit Polarweiß durchzogen. Doch obwohl sie aussahen, als seien sie durch die Gefangenschaft abgestumpft und würden nichts außer die Gefangenschaft kennen, verfolgten ihre flinken Augen die menschliche Hand, um ihre Knochen zu zerbeißen.

Die Kleinen waren nicht so wachsam. Naiv suchten sie den Blick des Menschen und eine Bestätigung, daß das Leben gut war. Wenn Maria sie ansah, verspürte sie den Wunsch, eines an sich zu drücken und zart am pelzigen Nacken zu kraulen. Doch Józef gestattete es nicht, einen der Füchse handzahm zu machen. Später würde es einem leid tun, so einen zu töten, und er arbeitete schließlich nicht zum Vergnügen mit ihnen, sondern wegen der Pelze.

Krzysio, der noch nicht so richtig hineingewachsen war ins Leben, gewann einen der kleinen Füchse lieb. Das war der, den die anderen am meisten bissen. Man mußte ihn wegsperren und ihm Antibiotika ins Futter mischen. Krzysio öffnete heimlich den Käfig und nahm ihn auf den Arm. Das Füchslein riß sich nicht los und biß nicht, sondern kuschelte sich an seine Brust und leckte ihm die Hände wie ein Kätzchen.

Als Krzysio eines Tages zum Käfig kam, war der kleine Fuchs nicht mehr da. Er begann mit dem Vater zu schreien, wo der Fuchs hingekommen sei, weil er genau wußte, was der Vater mit den Füchsen machte. Doch der Vater sagte, der Kleine sei gesund und wohlauf. Er wollte ihm aber nicht zeigen, welcher es war. Krzysio konnte ihn unter den anderen nicht herausfinden. Es waren Dutzende, und alle sahen gleich aus.

Später, wenn sie groß waren, tötete der Vater sie mit Strom. Krzysio wußte nicht, welcher seiner war. Er wußte auch nicht, wann er zu weinen anfangen sollte, und darüber vergaß er, überhaupt zu weinen, dabei war er sehr traurig. Aber er behielt die Angelegenheit in Erinnerung. Er vergab es dem Vater nie, daß er ihm heimlich das Füchslein weggenommen hatte. Und er vergaß für die nächsten Jahre, wie man weint.

Nach ein paar Saisonen mußte Józef Myśliwski die Zucht liquidieren. Das Geschäft rentierte sich nicht mehr, als künstliche Pelze in Mode kamen. Doch er hatte etwas Geld weggelegt, das er mit den Füchsen und dem Verkauf der Käfige verdient hatte. Anstelle der Farm setzte er Apfelbäume. Er kümmerte sich aber nicht darum, und sie waren bald verdorrt. Dann kaufte er von den Nachbarn Grund. Er mußte sich jedoch etwas einfallen lassen, um an den zu kommen.

Er sagte sich, daß es ringsum Wälder in Hülle und Fülle gebe. Diese Wälder ließen ihn nachts nicht schlafen. So viele Stämme, und die Leute jammerten, sie hätten nicht genug zum Leben, und die Bäume brächten ihnen nichts ein, außer ein Geschwür am Arsch. Keiner tat etwas, die Bäume standen bloß nutzlos herum. Myśliwski dachte ungefähr ein Jahr lang nach, bis es Veränderungen im Land gab und man schon richtige Kredite aufnehmen konnte. Da sah Józef Myśliwski seine Chance gekommen. Für das Geld der Kredite errichtete er ein Sägewerk. Er holte gebrauchte Maschinen aus Deutschland, und von diesem Moment an verbrachte er die ganze Zeit im Sägewerk.

Als das hohe Kreischen der Säge ertönte, das die Stille schmerzhaft in Scheiben zerschnitt, wußte man, daß aus Józef Myśliwski ein reicher Mann werden würde. Er hatte ein paar Bekannte, nicht hier, sondern in der Stadt, die ihm halfen, Käufer für das Holz zu finden. Nun konnte Myśliwski Leute einstellen. Vielleicht war das der Grund, weshalb sich die Menschen an ihn gewöhnten: weil er einigen von ihnen Arbeit gab.

In dieser Gegend hatte ein Sägewerk gefehlt, und es fanden sich rasch Kunden, die ihre Wälder loswerden wollten. Als erster kam Sękowiak vom See. Er hatte den Grund von den Eltern bekommen, und weil seine fünf Schwestern und drei Brüder nach Deutschland gegangen und dort geblieben waren, gehörte alles ihm. Der Boden war wenig wert. Nicht, weil er unfruchtbar war, sondern weil Sękowiak ihn bearbeitete. Der stank vor Faulheit. Er dachte nur darüber nach, wie er es anstellen konnte, etwas zu verdienen, ohne sich anzustrengen.

Er fand einen Weg. Myśliwski hatte ein Sägewerk und er jede Menge Bäume. Innerhalb von zwei Jahren fällte er alles, was sich fällen ließ. Es blieben nur junge Bäume stehen, deren Stämme zu dünn waren, um verarbeitet zu werden. Auf diese Weise brachte er einiges Geld zusammen, das er gleich wieder vertrank, weil er eben gern trank. Da kam er auf die Idee, seinen Grund und Boden an Leute aus der Stadt zu verpachten, denen es am See gut gefiel. Interessenten fanden sich genug. Aus Sękowiaks Grund wurde Dreck, und er fühlte sich wohl im Dreck.

Sękowiak fällte, und das Sägewerk schnitt. Sękowiak rühmte sich seiner guten Geschäfte, weil er nichts hineinstecken mußte. Die Bäume wuchsen schließlich von selber. Er war der Auffassung, daß seine Wälder endlich zu etwas gut waren. Seinem Beispiel folgend, begannen alle anderen ihre Bäume zu fällen. Einige Zeit lebten sie vom Geld für das Holz, und dann verkauften sie Myśliwski den Boden für ein paar Groschen. Einigen blieb nur das Haus mit ein wenig Grund drumherum, andere zogen in die Siedlungen von Kolchosen oder noch weiter in die Stadt, weil sie keine Lust hatten zu arbeiten, und selbst wenn sie gewollt hätten, wußten sie nicht wo. Höchstens bei Myśliwski, aber bei dem waren schon alle Stellen vergeben.

So waren die Geschäfte, die man hier machte. Das Sägewerk gewann an Bedeutung. Myśliwski kaufte für neue Kredite viele neue Maschinen, und jetzt genügte ihm die Stadt nicht mehr. Er mußte ganz Polen mit seinem Holz überschwemmen. Aber dafür brauchte er jemanden, der imstande war, andere zu überzeugen, daß sie ausgerechnet Myśliwskis Holz kaufen sollten. Ein gebildeter Typ aus der Stadt, kein Bauer, der es nicht wagte, einen Schritt vor seinen Hof zu tun. Myśliwski gab in der Lokalzeitung ein Inserat für einen Handelsvertreter auf.

Es kamen ein paar junge, denen die Gerissenheit ins Gesicht geschrieben stand. Einer gefiel Myśliwski, Marcin Panek. Er präsentierte sich recht passabel: fließend Englisch, Doktorat aus Ökonomie, vertraut mit den Bedingungen des polnischen Marktes. Mit Holz hatte er nicht viel Erfahrung, doch vorher hatte er große Lastwagen verkauft und war damit angeblich recht erfolgreich gewesen. Man wußte ja, die Rezession: Die Firma, in der er gearbeitet hatte, war pleite gegangen, und jetzt suchte er Arbeit, sogar unter seiner Qualifikation. Im übrigen war er elegant und tadellos. So intelligent und selbstsicher, daß er geradezu fesch wirkte. Brünett, stets glattrasiert, bis auf den dünnen Strich eines gleichmäßig gestutzten Schnurrbärtchens, konnte er den Frauen schon gefallen. Myśliwski jedenfalls gefiel er, natürlich nicht, weil er fesch war, sondern selbstsicher – ein wichtiges Atout für einen Handelsvertreter.

Myśliwski, der sonst den Menschen eher mißtraute, faßte sofort Vertrauen in Marcin Paneks Fähigkeiten. Er gab ihm ein Firmen-Handy und einen Wagen für die Reisen. Natürlich mußten die Raten für den Wagen bezahlt werden, aber Myśliwski war überzeugt, daß der Holzverkauf mit Paneks Hilfe zunehmen würde, so daß genug hereinkäme, um die Raten zu begleichen. Er brauchte neue Kunden so dringend wie einen Bissen Brot. Er hatte schon die Stadt und die ganze Umgebung mit seinem Holz überzogen und wußte nicht, wohin er das übrige verkaufen sollte.

Und so kam es, daß Marcin Panek durch das Land zu fahren begann. Myśliwski war mit dem neuen Mitarbeiter zufrieden. Panek brachte von Zeit zu Zeit kleine Bestellungen, und obwohl die in Summe nicht einmal die Ausgaben des Sägewerks deckten, von einer Rückzahlung der Kredite gar nicht zu reden, setzte Myśliwski weiterhin Vertrauen in Paneks Organisationstalent. Um so mehr, als ihm dieser große Bestellungen versprach, die in ungefähr einem halben Jahr einlangen würden. Ein halbes Jahr war zwar eine lange Zeit für Myśliwski, doch er wußte von Panek, daß der im ganzen Land politische Verbindungen besaß, und Verbindungen sind das Wichtigste für Geschäfte. Panek hatte diese Verbindungen, und das garantierte den Erfolg, das heißt große Bestellungen. Und große Bestellungen bedeuten das große Geld.

Sein ihm angeborener Optimismus sagte Myśliwski, daß ihm in dieser Gegend einmal jeder Busch gehören würde. Wenn er wollte, würde er dann für jedes Scheißen hinter einen Busch eine so hohe Strafe einheben, daß es sich jeder Delinquent, der es eilig hatte, zweimal überlegen würde, bevor er die Hosen herunterließ. Das war schließlich das gute Recht des Grundbesitzers. Die Banken, bei denen Myśliwski verschuldet war, hatten wiederum ihre eigenen Ansichten.

Wenn man einen Baum in der Mitte durchschneidet, erscheint das Innere in Wirbeln erstarrt. Es fehlen darin die Bewegungen der runden Wellen, die ein ins Wasser geworfener Stein erzeugt. Die Innereien eines Baumes sind leblos, doch jeder Ring steht für einen Zeitraum zwischen dem Aussamen und dem Fällen. In dieser Unbewegtheit der verholzten Ringe ist die Geschichte des

Windes und des Wassers, der Luft und des Lichts und von allem, was sich bewegt, aufgezeichnet.

Für den Menschen, dessen Inneres von Blut und Fleisch pulsiert, sind die Eingeweide eines Baumes tot. Wahrscheinlich sind deshalb alle Versuche, aus ihnen abzulesen, was in all den Jahren mit dem Baum, um den Baum herum und im Baum geschehen ist, stets erfolglos geblieben. Da eine gemeinsame Sprache und Vorstellung fehlen, müssen sich diese Versuche auf Vermutungen stützen, in denen sich kein einziger Gedanke findet, der imstande wäre, die Welt der Pflanzen mit jener der Tiere zusammenzuführen.

Wenn man einen Baum in der Mitte durchschneidet, klingt er nur kurz. Erst wenn die Säge der Länge nach schneidet, kreischt er hoch und mißtönend. Diese Stimme ist jedoch zu verschieden von der Stimme des animalischen Kehlkopfes, als daß sie uns beschäftigen würde. Sie ruft höchstens ein Schaudern hervor, weil sie so unmenschlich klingt. Ein Ton wie die Zeit, die mit uns umgeht, wie es ihr gefällt, ohne sich etwas daraus zu machen. So wie wir uns nichts aus einem durchgeschnittenen Baum machen. Höchstens ein Möbelstück oder Wärme, die wir immer nur für einen Augenblick spüren.

Felder und nicht nur

Hier beugt sich von zwei Seiten der Wald vor. Die Bäume sind so nah, daß sie die Fenster beschatten. Die übrigen Seiten der Welt öffnen sich auf Felder. Im Sommer sind die Felder flach wie die Tafel eines Sees, im Winter sind sie flach wie Eisbahnen. Der Blick gleitet darüber hinweg und zerschellt an seinen eigenen Begrenzungen, die ihn nicht weiter, über den Horizont hinaus, schauen lassen. Von dort her weht immer Wind. Er jagt über die freie Fläche und schlägt einem mit voller Wucht ins Gesicht. Er preßt einem die Tränen hervor – das ist unangenehm.

Die gepflügten Felder sind leer. Auf solchen Feldern ist die Erde leichter. Sie wird von keinen Wurzeln gehalten. Aus solcher Erde dreht der Wind flüchtige Wirbel. Die existieren nur einen Windhauch lang. Der Moment, den er braucht, um Atem zu schöpfen, zerstört sie, und der Staub fällt in kraftlosen Wellen zu Boden.

Auf vielen Feldern wird Getreide, ein wenig Roggen, Hirse oder Raps angebaut. Dann wird einem ganz gelb vor den Augen. Der Geruch des Rapses ist so stark, daß er zu einem betäubenden Gestank wird. Einmal ging ein Mädchen in ein Feld hinein. Sie wurde rasch von Schlaf übermannt, aus dem sie nicht mehr erwachte. Nach ein paar Tagen wurde sie gefunden – und das ganze Unglück nur wegen des betäubenden Rapsgeruches.

Es gibt auch Erdbeerfelder. An heißen Sommertagen lockt der Duft der Früchte von allen Seiten Frauen an, die bei der Ernte ein paar Groschen fürs nötigste Essen verdienen wollen. Die Frauen hocken, zur Erde gebeugt, und ihre hochgestreckten Hintern haben nichts Aufreizendes an sich. Sie sind müde. Die Sonne verbrennt ihnen die Köpfe, und der Schweiß lockt Insekten an, die sich an die Haut kleben und in die Körper beißen. In diesen vierzehn, fünfzehn Stunden, von fünf Uhr morgens bis zum Abend, sehen die Frauen nur den Boden und grüne Büsche. Von denen pflücken sie sorgsam die Erdbeeren. Man darf sie nicht zerdrücken. Der Geruch der Erde wird unerträglich, vor allem weil die Sonne unablässig herunterbrennt und der Staub die Kehle ausdörrt. Man möchte etwas ausspucken, was es gar nicht gibt. Man hat keinen Speichel. Man mag nicht essen.

Die Frauen schwatzen nicht. Sie wollen ihre Kraft nicht für Worte vergeuden. Schweigend füllen sie ihre Körbe. Ihre Hände sind mit roten Flecken bedeckt, die auch nach Stunden nicht vergehen. In der Nacht stöhnen sie leise. Da machen sich die Knochen bemerkbar. Sie schmerzen, als erwachte Leben in ihnen. Als wollten sie sich vor Schmerzen zu einem Ausflug aufmachen und den kraftlosen Sack voller Sehnen und Muskeln auf dem Bett zurücklassen. Doch die Müdigkeit ist so groß, daß die Frauen trotz Schmerzen in einen kurzen Schlummer sinken. Von Zeit zu Zeit fahren sie schweißgebadet hoch. Auch im Traum schuften sie auf den Feldern.

Der Tagesanbruch beendet die Träume. Wieder geht alles von vorn los. Man muß nur etwas anderes tun, unter etwas anderen Bedingungen. Es beginnt zu regnen, oder die Hitze nimmt zu. Vielleicht kühlt es ab, doch am Ende kommt es dazu, daß die Blätter dürr werden und daß es zu schneien beginnt. Statt Erdbeeren kann man Steine klauben oder Waldbeeren sammeln. Auf jeden Fall beendet der Einbruch der Nacht den Tag.

Doch nachts rufen die Felder Ängste wach, die einen nicht atmen lassen. Denn vor uns und hinter uns ist es leer, und über dem Kopf befindet sich ein Raum, den unsere Vorstellung fürchtet, und die Füße stehen auf der Erde, die es seit jeher nach uns gelüstet.

Auf dem Feld lagen Alek und Staszek. Neben ihnen stand ein Traktor mit Anhänger, zur Hälfte gefüllt mit Steinen.

»Du Alek, was hast du eigentlich gemacht in dem Amerika drüben?« fragte Staszek.

»Schwarze gevögelt.«

»Echt?«

»Jooo.«

Staszek schien etwas wiederzukäuen. Endlich sagte er:

»Und wie war's mit denen?«

»Mit den Schwarzen?«

»Nooo ...«

»Wie mit den Weißen.«

Staszek verzog das Gesicht, fragte jedoch nichts mehr. Gewiß wären sie so bis ans Ende des Tages gelegen, doch nach einer Weile sahen sie eine Staubwolke, die sich ihnen näherte. Die Wolke gab das Brummen eines unregelmäßig arbeitenden Motors von sich.

»Tosiek kommt«, stellte Staszek fest. »Mit dem Chef kann man ja reden, aber nicht mit Tosiek«, fügte er nach einer Weile hinzu.

»Der Chef kann mich, und Tosiek soll mir wo runterrutschen«, knurrte Alek. »Aber der Jeep gefällt mir. Er ist zwar zerleppert, aber immerhin«, seufzte er.

»Jooo.«

»Und er läuft wie der russische Fortschritt.«

»Jooo.«

Der Jeep blieb knapp vor ihnen stehen. Die Räder wirbelten Staub hoch. In der verbeulten Stoßstange spiegelten sich verzerrt ihre Gesichter. Staszek sprang auf. Alek rührte sich nicht vom Fleck. Er blieb ruhig liegen. Die Stoßstange berührte fast seinen Kopf. Aus dem Wagen sprang Tosiek. Groß und hager, mit kunstvoll modelliertem, aufgeklebtem Toupet, damit man nicht sah, daß er kahl wurde.

»Na und, sticht euch die Arbeit in den Arsch oder wie?«

»Sie sticht oder auch nicht.« Alek tat so, als hätte er ihn erst jetzt bemerkt. Er stand langsam auf, streckte sich und klopfte gemächlich den Staub ab. Jede Bewegung wirkte herausfordernd. »Der Sprit ist ausgegangen.«

»Der Sprit ist ausgegangen?«

»Ja, ausgegangen«, Alek kniff ein Auge zusammen, als schaute er in die Sonne und nicht auf Tosiek.

»Wozu habt ihr den Anzeiger?« sagte Tosiek aufgebracht.

»Der ist kaputt«, Alek spuckte aus.

»Der ist kaputt?«

Tosiek sprang in die Kabine. Er versuchte den Traktor anzuwerfen. Der Motor hustete und verstummte.

»Seid ihr sicher, daß das Diesel ist?« fragte er, als er wieder vor ihnen stand.

»Was sonst?« gähnte Alek.

»Und was machst du, Hurerei, hier?« ging Tosiek auf Staszek los. »Warum bist du nicht im Sägewerk?!«

»Ich, ich ...«, stotterte Staszek.

»Er hilft mir«, sagte Alek ruhig.

»Steine klauben kannst du allein. Sein Platz ist im Sägewerk.«

»Tosiek, gib acht, was du kläffst«, sagte Alek gedehnt.

Tosiek verschlug es für einen Moment die Sprache.

»Was?!« stieß er unwillkürlich hervor.

»Ich sag's dir nur«, Alek blickte etwas zur Seite.

Tosiek wußte nicht recht, wie er sich verhalten sollte.

»Hast du was?« fragte er entschlossen, aber vorsichtig genug, um die Situation nicht zu verschärfen.

»Neeein … aber nimm dich in acht …«, erwiderte Alek träge.

Für einen Moment maßen sich die beiden mit Blicken.

»Staszek, Hurerei, los, ab in den Wagen«, zischte Tosiek. Als sie schon im Jeep saßen, rief er Alek zu:

»Ich bring den Sprit. Aber wehe, ich seh eine Flasche!«

Die Räder drehten durch, Erde flog auf. Alek griff langsam in den Sack. Dort ertastete er eine Schachtel Zigaretten. Und den Griff eines Springmessers. Die Finger glitten über das Messer und griffen nach der Schachtel.

Es gab eine Zeit, da hatte Myśliwski das einzige Videogerät in der Gegend. Die Ernte kostete ihn damals wenig, eigentlich gar nichts. Er verabredete mit den Burschen, daß sie mit ihren Mähdreschern kamen und über seine Felder fuhren. Er hatte ein paar Kassetten auf deutsch, weil es andere nicht gab. Den Burschen machte das nichts aus. Im übrigen waren die Filme, die sie ansehen wollten, nicht mit raffinierten Dialogen gesegnet, um Gespräche ging es darin nicht.

Am Abend, wenn sie schon erschöpft waren, gingen sie zu Myśliwski zum Essen. Sie setzten sich vor den Fernseher, und Maria huschte leise herum und reichte eine riesige Eierspeise mit gebratenem Speck und Zwiebeln zum gekühlten Wodka. Sie aßen mit schweren Köpfen, und es sah aus, als falle Regen auf ihre Köpfe. Sie fühlten sich offensichtlich vor der sie erwartenden Initiation für einen Augenblick unsicher. Myśliwski wartete nicht lange. Noch bevor das erste Stöhnen ertönte, goß er den Wodka ein. In vier Gläser. Der Wodka machte das Blut rasch dünner, so daß es durch die Adern jagte. Es pulsierte im Kopf und strömte schamlos in den Schoß. Die Burschen tranken so, daß sie nichts von dem, was sich auf dem Bildschirm abspielte, versäumten. Einer brummte etwas, ein anderer stimmte ihm zu, ein nicht zu Ende gesprochenes Wort fiel unter ihre schweren Stiefel.

Die dunkle Gertrude besorgte es drei Blonden, sie war groß wie eine Scheune. Die Augen der Mähdrescherfahrer blitzten. Einer kicherte nervös, doch das Kichern ertrank im dumpfen Keuchen der andern. Myśliwski knurrte, die Dicke sei schon in Ordnung. Sie pflichteten ihm bei und tranken darauf den nächsten Wodka. »Das taugt ihr«, sagte der Erschöpfteste von ihnen und nickte offenbar gleich darauf ein, denn man sah über seinem Kopf Traumbilder nackter Leiber schweben. Sie vermischten sich mit der dicken Emulsion des Zigarettenrauchs, und obwohl das Fenster offen stand, biß ihnen dieses Gemisch in die Augen. Einer wollte ausspucken, weil er plötzlich auf dem Bildschirm etwas sah, was er und seine Alte sich nie hätten träumen lassen, doch er hielt sich zurück und schluckte es hinunter.

Im nächsten Film pißte ein gelangweilter Fettwanst eine hübsche Brünette an, die in der Wanne saß und so tat, als bereite ihr das großes Vergnügen. Zu allem Überfluß stöhnte sie unter dem Strahl seines Urins so laut, daß die Burschen einer nach dem anderen die Toilette aufsuchten. Als sie zurückkamen, waren sie etwas ruhiger, und Myśliwski klopfte jedem auf den Rücken, weil er sich bei dem Gedanken freute, daß Wodka und Pornos ihm die ganze Ernte einbrachten.

Marta mochte das Gehen. Sie ging immer über die Felder. Die stellten für sie einen Raum dar, der die einen Häuser mit den anderen viel rascher verband als die verschlungenen Wege. Vor den Wegen hatte sie Angst. An den Wegen standen Häuser, und bei jedem Haus gab es Hunde, die ihr Angst einflößten. Vielleicht war das der Grund, warum ihre blutigen Schnauzen das einzige waren, wovon sie träumte, und sie wußte schon nicht mehr, ob es die Angst vor den Hunden war, die sie jede Nacht mit demselben Traum ansteckte, oder ob dieser Traum bewirkte, daß sie vor den Hunden Angst hatte.

Marta war sehr dünn, ihr Gesicht war faltig. Es waren so viele Falten, daß keiner sagen konnte, wie alt sie war, obwohl jeder meinte, sie könne noch gar nicht alt sein. Marta selber wußte auch nicht, ob sie alt war oder jung.

Sie hatte lange Beine und Arme. Damit sah sie aus wie eine Mißgeburt, die der leichteste Windhauch entzweibrechen konnte. Sogar im Sommer trug sie ein Wollkleid und grüne Galoschen. Wenn sie sich die Sohlen wund rieb, ließ sie die Galoschen zu Haus und ging barfuß. Sie wohnte mit ihrem Bruder, der sich tagelang nicht aus dem Bett rührte und Hände voll bunter Tabletten in sich hineinstopfte. Sie beklagte sich oft, daß er nichts machte, nur schlief. Sie wußte allerdings nicht, was die meisten wußten: Er war schizophren, und um sich und seine

Schwester, die er, wie alle übrigen, für eine völlige Idiotin hielt, mit seinen Ängsten nicht zu gefährden, mußte er ununterbrochen schlafen. Das ermöglichten ihm die bunten Tabletten.

Magda zählte nicht zu den klügsten Personen. Sie hatte nicht viel zu sagen. Sie wiederholte höchstens sinnlos aufgeschnappte Gerüchte, die sie so verdrehte, daß man schließlich kaum mehr etwas davon verstand. Und doch stellten ihr die Leute, wenn sie irgendwo hinkam, immer ein Glas billigen Wein hin, weil sie keinen störte.

Eigentlich spielte sie keine Rolle im Leben der Menschen, die sie kannte. Vielleicht weckte sie manchmal ein längst vergessenes Gefühl von Mitleid in ihnen. Vielleicht brauchten die Menschen sie auch ein wenig. Sie fühlten sich in ihrer Anwesenheit besser und klüger, weil es wirklich keine größere Idiotin gab als Marta.

Es wäre nicht wert, Marta zu erwähnen, wäre da nicht eine Begebenheit gewesen. Darüber wurde eine Zeitlang nicht nur hier geredet, sondern auch in der Stadt. Und das will was heißen.

Anfangs sprach man nur in der Gegend darüber. Ein junger Bursche aus der Stadt, der unweit von hier auf den Hochspannungsmasten arbeitete, hatte Marta ein Kind gemacht! Zuerst wollte das keiner recht glauben, doch bald stellte sich heraus, daß es der Wahrheit entsprach. Der Bursche kehrte eines Abends sturzbetrunken aus der Wirtschaft »Zagroda« heim, als er Marta kommen sah, und weil es dunkel war, irrte er sich offenbar. Er fiel über Marta her und vergewaltigte sie vor der Kapelle zur Blauen Madonna, die traurig, doch voll Liebe auf die deliriösen Zuckungen schaute. Marta schrie nicht einmal, weil sie, wie sie so unter dem schnaufenden Burschen lag, spürte, daß sie vom schönsten Abenteuer ihres Lebens umfangen wurde. Später ging sie zu den Hochspannungsmasten, und der Bursche konnte sie gar nicht mehr wegjagen. Am Ende stellte sich heraus, daß Marta schwanger war. Natürlich von diesem Burschen!

Und damit hätte die Sache ein Ende gehabt. Der Bursche würde zurückkehren in die Stadt und Marta einen Bankert zur Welt bringen. Nur daß der Bursche einen Tag vor Fertigstellung der Arbeit unvorsichtig in die Leitungen griff und verschmorte, so daß er aussah wie ein verglostes Zündholz. Da fing es an! Nun wurde nicht nur hier darüber gesprochen, sondern auch in der Stadt, weil sich herausstellte, daß der Bursche der Sohn einer reichen Frau war, die in der Stadt große Geschäfte machte. Die beiden hatten sich gezankt, und die Mutter hatte ihm gesagt, er würde nie mehr auch nur einen Groschen von ihr bekommen. Da hatte sich der Bursche in seiner Ehre verletzt gefühlt und bei den Leitungen zu arbeiten begonnen, und jetzt, da er nicht mehr lebte, weinte seine Mutter um ihn und bedauerte den Streit angeblich heftig. Er war ihr einziger Sohn, und ohne Sohn war sie nun wirklich mutterseelenallein auf der Welt.

Da kamen sie mit einer Kamera aus der Stadt. Wie das? Und wieso? Und wo ist das geschehen, fragten die Journalisten. Da, da und da, gaben die Leute zur Antwort. Wo wird das gezeigt, fragten die Leute. Im Fernsehen, im lokalen Kabel, antworteten die Journalisten. Da hielt es eine aus der Kolchosensiedlung, offenbar mitgerissen von der allgemeinen Aufrichtigkeit, nicht mehr aus und sagte, das sei noch nicht alles. Sie gingen zu Marta. Sie filmten ihren Bauch. Zwei mußten sie festhalten, weil sie sich losreißen wollte, und sie schrie so laut, daß die Vögel aufund davonflogen und erst ein paar Tage später zurückkehrten. Aber sie waren im Fernsehen!

Marta jagte das alles entsetzliche Angst ein. Ihr Bauch begann zu schmerzen, und mit diesen Schmerzen konnte sie nicht zu Haus sitzen bleiben. Das Gewinsel ihres Bruders irritierte sie – der wollte keinen Bankert im Haus haben, weil er Ruhe und noch einmal Ruhe brauchte, und wenn da so ein Bankert wäre, dann wäre es aus und vorbei mit der Ruhe. Und Marta ging mit ihrem schmerzenden Bauch hinaus auf die Felder.

Sie ging, bis sie innehalten mußte. Und als sie hinfiel und ein Wind aufkam, bedeckte sie der mit dem Staub des Bodens. Der Himmel wurde dunkel vor lauter Wolken, und harte Regentropfen fielen auf sie nieder. Jeder Tropfen brachte ihr Linderung. Ein Tropfen nach dem anderen zersprang auf ihren rissigen Lippen, und die Tropfen sickerten in ihren Mund wie in den ausgedörrten Boden. Und sie belebten das faltige Gesicht, das von den Anstrengungen und Schmerzen geglättet wurde.

Und dann sah Marta ihr Kind. Es war so klein, daß es gar nicht wie ein Mensch wirkte. Sie drückte es fest an sich und versuchte, das leblose Köpfchen, das zur Seite fiel, anzuheben. Sie holte die Brust heraus, doch das Kind wollte nicht saugen. Es weinte nicht, daher begann Marta zu weinen. Sie weinte laut. Nichts konnte ihrem Jammer Einhalt gebieten. Keine Wände und Decken und keine Blicke, vor denen sie sich dumm fühlte. Nichts. Ringsum weiteten sich die Felder. Nichts als Felder. Und weil es Nacht war, erschienen die Felder noch größer, unendlich.

Und diese Unendlichkeit ließ Marta noch tiefer in Wahnsinn und Hilflosigkeit versinken, bis sich ihr Menschenverstand verwirrte und haltlos herabfiel, immer schneller und schneller …

Nach all dem saß Marta tagelang zu Hause. Sie blickte aus dem Fenster und lächelte den weiten Raum an, der ihren Verstand verschlang. In den Armen wiegte sie das Kind, das nicht da war. Sie summte ihm selbst erfundene Melodien vor. Manchmal holte sie vorsichtig die schlaffe Brust heraus und gab sie der Luft zu trinken, die mit zahnlosem Mund eine Grimasse zog, das kahle Köpfchen anschmiegte und sie mit ewig schläfrigen Augen ansah.

Marta war die glückliche Mutter eines neugeborenen Kindes. Über ihrem Gesicht lag ständig ein verträumtes Lächeln, das jedoch sofort verschwand, wenn sich der Bruder näherte. Marta floh in eine Ecke und blickte erschrocken den Mann an, der sich über sie beugte.

»Mein Schwesterchen«, wandte sich der Bruder sanft an sie. »Um dich steht es jetzt offenbar noch schlimmer als um mich. Was siehst du denn, daß du dich so vor mir fürchtest?«

Als er so zu ihr sprach, stammelte Marta, er sehe so bleich und hager aus wie der Tod, gewiß wolle er ihr das Kind wegnehmen, weil er sie so schrecklich ansehe, doch sie werde ihm das Kind nicht geben, und dabei drückte sie die Hände noch fester an ihre Brust, als wolle sie etwas vor dem Bruder verbergen.

»Weißt du, wie oft ich dich in schrecklicher Gestalt vor mir gesehen hab, so schrecklich, daß ich am liebsten zur

Hacke gegriffen hätte, um dir den Kopf abzuschlagen? Es fehlte immer nur wenig, und es ist gut, daß ich allein blieb und du deiner Wege gingst, wohin sie dich führten … Doch wenn du jetzt tagelang so herumsitzt, wer weiß, ob mich deine Verrücktheit nicht von der meinen zu heilen vermag, als würde ich dich anstecken und dabei selber gesund werden. Du weißt ja, daß ich früher einmal viel lernte und suchte … und suchte … ich weiß selber nicht, was. Bis ich allein blieb mit mir und mich zu fürchten begann vor der ganzen Welt, obwohl ich einmal nahe daran war, ihr Geheimnis zu lüften, doch dann stellte sich heraus, daß ich nur dumm war …«

Und je mehr er sprach, desto schneller flossen die Worte, und sie stürzten heraus wie ein Gebirgsbach. In Martas Augen begann der Bruder zu lodern, und nun empfand sie tatsächlich Angst vor ihm. Schatten zogen über sein Gesicht, und obwohl ihn sein Reden heiterer stimmte, dauerte das nur einen Augenblick, weil er bei jedem Atemholen in noch tiefere Düsternis versank, aus der funkelnde Augen blitzten, schreckliche Augen!

»Jeder sucht seinen Gott, ich aber habe Gott für alle gesucht …«, er brach ab und wischte sich nervös über die Stirn. »Moment, Moment, was wollte ich eigentlich? Ich habe gewußt, doch ich war im Irrtum«, er war sichtlich verlegen. »Aha!«, die plötzliche Erleuchtung glättete sein Gesicht. »Ich suchte also diesen Gott und fand ihn! Doch dann vergaß ich meinen Gott, und ohne seinen eigenen Gott kann man sich Gottes für alle nicht sicher sein, und als ich zu zweifeln begann, erfuhr ich, was Einsamkeit ist!«

Er stand vor Marta und schrie zur Decke und ruderte

mit den Armen, und in seinen Mundwinkeln bildeten sich kleine Speichelbläschen, eines neben dem anderen, wie Fischeier. Im Fenster hinter dem Rücken des Bruders pulsierte die Fläche der Felder, die in Martas Augen anschwollen und austrockneten wie eine entzündete Wunde, so schrecklich und schmerzhaft, daß nichts anderes übrigblieb, als über die Schmerzen zu lachen. Martas Kichern hatte ihren Bruder stets überrascht. Das Kichern kam so unpassend und unzeitig, daß er seine Rede unterbrach und Marta von ihrem Schrecken befreite. Die Welt hörte auf zu schwanken.

Marta kitzelte das nicht anwesende Kind am Näschen und ging, ohne den Bruder weiter zu beachten, an ihm vorbei, um wieder ruhig auf die Felder zu schauen. Der Bruder, um tausend Jahre gealtert, kehrte schweren Schrittes, mit schlurfenden Pantoffeln, ins Bett zurück. Ein paar Pillen – und schon war er eingeschlafen. Martas leises Summen sickerte in seinen müden Kopf, der von den nächsten Wahrheiten träumte. Marta saß am Fenster und stand dabei inmitten der Felder, von wo sie die ganze Welt sah und noch etwas weiter.

Fliegen und nicht nur

Hier gibt es mehr Fliegen als in den Städten. Sie werden auch größer. Vielleicht ist diese Fülle nicht auf ihre tatsächliche Anzahl oder Größe zurückzuführen, sondern darauf, daß sie hier leichter sichtbar sind.

Sie prallen an die Scheiben, die eine unangenehme Überraschung für ihre elastischen Köpfe darstellen müssen. Der unruhige Flug erlaubt ihnen, ungeniert mit dem Raum zu flirten, der immer nachgibt, aber in einem gewissen Moment und an einer bestimmten Stelle dann doch jäh zu durchsichtigem Stein erstarrt. Verblüfft rutschen sie über die glatte Versteinerung, erfüllt vom Gefühl, daß dies hier doch nicht das Ende sein könne, daß es weiter noch etwas geben müsse, eine Fortsetzung, die man freudig in der Luft summend durchqueren kann.

Es kann vorkommen, daß sie in den Tee fallen. Das ist halb so schlimm. Tee kann man wegschütten, um den ist es nicht schade. Schlimmer ist, wenn sie ins Bierglas oder in den Wodka fallen. Dann versucht man für gewöhnlich, sie herauszufischen. Meistens mit dem Finger. Sie zappeln panisch mit den Beinen, um sich irgendwie an der Oberfläche zu halten. Dabei sind sie chancenlos, doch sie kämpfen darum, noch die paar Momente länger zu sein. Die Flügel sind schon nicht mehr zu gebrauchen, die Beine werden steif. Auf dem Finger sieht so eine ertrunkene Fliege aus wie ein feuchter Staubkrümel. Den wischt man an der Hose oder an Klosettpapier ab und vergißt ihn.

Einmal flog eine Fliege Maria geradewegs ins Ohr. Sie reizte mit den Flügeln schmerzlich das Trommelfell. Feurige Schreie zuckten durch Marias Schädel. Ihr wurde ganz schlecht. Sie dachte, sie würde verrückt. Unter dem Eindruck des vielfach verstärkten Fliegengesummes zerbrach die Welt, jedes Gefühl der Sicherheit wurde zerstört, das ohnehin schon so spröde war, daß Maria nicht wußte, wo und wer sie war. Sie geriet in Panik. Sie konnte nur an eines denken – das Ding loszuwerden. Sie verspürte nicht einmal Ekel. Die Vision der im Inneren ihres

Ohres zappelnden behaarten Beine kam ihr erst später, als alles längst vorbei war. Nur gut, daß Maria eine Flasche mit Wasser bei der Hand hatte. Sie schüttete das Ohr mit Wasser voll, bis das Aas ertrank. Sie merkte gar nicht, wie die Leiche herausgeschwemmt wurde.

Eines Tages kaufte Józef für Maria einen Staubsauger, der mit Wasser arbeitete. Das heißt, daß der ganze Dreck in einen Behälter mit Wasser fiel und sich in klebrigen Brei verwandelte. Es ist ganz leicht, so einen Behälter auszuspülen. Dabei staubt es nicht, und man muß nicht niesen. Beim Staubsaugen sieht man am besten, wie viele Insektenleichen am Boden und auf den Fensterbrettern herumliegen. Vertrocknete, leere Hüllen, die alle Winkel verdrecken. Gebogene Beine ragen steif nach oben. Sie brechen bei der leisesten Berührung ab und zerfallen in Teile, die sich nie mehr zu einem Ganzen zusammenfügen lassen. Irgendwo zittert ein Hinterleib. Als versuchte er eine Bewegung auszuführen, an die er sich nicht mehr erinnern kann.

Der Staubsauger verschlingt alles. Die toten Teilchen werden für einen Moment belebt. Sie gleiten in einer einzigen Masse über den Boden, schnell, schnell, immer schneller, und verschwinden im Saugstutzen, breit wie das Maul eines Monsterhaies. Von dort führt das Rohr in die Hölle. Ein kräftiger Luftzug schleudert die Insekten in den Abgrund.

Die Vorstellung einer solchen Hölle erweckte in Maria kein Mitgefühl. Ihr lag der Glaube fern, daß dieser oder jener Wurm ihr Cousin oder ihre Schwester sein könnte. Sie vernichtete sie, weil manche bissen und sie außerstande war zu unterscheiden, welche das tun und welche nicht. Im übrigen hatte sie nicht einmal die Kraft, ständig hinter dem kleinen Krzysio herzulaufen, dem die Fliegen augenscheinlich schmeckten.

Dabei wimmelt es hier von Fliegen. Die einen sind ganz winzig, wie Staubkörner. Abends schweben sie über unseren verschwitzten Köpfen und stechen bis aufs Blut. Es gibt auch viele gewöhnliche, sie changieren in den verschiedensten Farben, aber das macht sie auch nicht schöner. Dann gibt es noch riesige, gemästete Leiber. Sie saugen vor allem an den Hintern der Pferde. Wenn man sie zerquetscht, fühlen sie sich hart an. Dann tritt eine cremefarbene Füllung aus. Sie zerbersten laut unter den Tritten, weil sie oft zu träge sind, um sich vom Fleck zu rühren und ein Stück weiterzufliegen.

Neben Fliegen gibt es hier jede Menge fliegender Ameisen, schwerfälliger Hummeln, wilder Bienen, Wespen, Eintagsfliegen, die in der Luft aneinander kleben, andere unidentifizierbare Monster, die mit den Köpfen an die Glühbirnen prallen, und Gelsen ... Wenn der Sommer feucht und warm ist, ist der Kampf gegen die Gelsen schrecklich. Wenn er trocken und noch dazu kühl ist, zerfallen die Larven zu Staub, ohne zu spüren, daß sie die Chance hatten, zu etwas anderem zu werden. Dann ist die Luft nicht so voller Insekten. Man kann freier atmen, ohne Angst haben zu müssen, daß einem etwas in den Mund fliegt.

Haut und nicht nur

»Michał, tätowierst du mir einen Drachen?«

Der hagere Blonde um die Dreißig schnippte den Zigarettenstummel weg und blickte unwillkürlich auf Aleks Bizeps.

»Ein Drache ist am einfachsten.«

Alek räusperte sich.

»Wieviel kostet der?«

»Kommt darauf an, was für einer.«

»Na, so einer – von hier bis hier.« Mit halb geöffneter Hand demonstrierte Alek, wie groß der Drache sein sollte. Von der Schulter bis zum Ellbogen, den Schwanz um den Reptilienleib geschlungen. Bevor Michał noch die Tätowierungsnadel nahm, wußte er bereits, was das für ein Drache sein würde.

»So einer kostet zwei Flaschen.«

»Zwei?«

»Oder in bar.«

»Ist schon recht, soll sein.« Alek griff in die Tasche. »Eine Zigarette?«

»Mmh … Wann willst du den Drachen haben?«

»Kann gleich sein.«

»Gut, ich desinfiziere nur die Nadel.« Michał zündete die Zigarette an.

»Wie gehen die Geschäfte?« fragte Alek nach einer Weile. Sie standen vor dem Treppenhaus eines der Blocks der Kolchosensiedlung, und da gab es nicht viel zu sehen. Es sei denn, jemand schaute sich gern die Weiber an, die sich inmitten eines Betonspielplatzes versammelt hatten und herumkrakeelten.

»Welche?« fragte Michał und spuckte aus.

»Na, sicher nicht die Tätowierungen,« Alek deutete mit dem Kinn auf das weiße T-Shirt Michałs. Darauf prangte ein großes, fünfzackiges Blatt vom indischen Hanf.

»Ach, das meinst du? Man sieht gleich, daß du einige Zeit nicht da warst. Dieses Geschäft gibt es nicht mehr. Jetzt sind harte in Mode, kein Marihuana oder Hasch. Ich habe mich auf die Eigenproduktion beschränkt. In der Stadt regieren die Glatzen, nur die verkaufen was. Die sind organisiert, und sie sind viele. Was soll ich mit denen? Ich sitze lieber ruhig hier herum und pflanze was für mich selber an. Ich schaue in den Himmel und überhaupt. Wozu brauche ich Probleme, hab ich recht?«

»Ja, aber wenn ich was brauchen sollte, dann verschaffst du mir was, oder?«

»Für Bekannte immer, aber nichts umsonst.«

»Das versteht sich.«

Sie standen noch eine Weile herum. Die Weiber zeigten keine Absicht, sich in ihre Wohnungen zu begeben. Sie rauchten noch jeder eine zweite Zigarette, und Michał sagte:

»Also was jetzt? Machen wir uns an die Arbeit?«

Alek nickte pflichteifrig. Der Drachen würde in drei Stunden fertig sein.

Denn Alek liebte nun einmal die Abwechslung. Es war ihm unmöglich, an einem Ort zu sitzen. Das war ungefähr vor drei Jahren. Er hatte ein paar Leute aus der Siedlung überredet, für eine Fahrkarte nach Amerika zusammenzulegen. Er war überzeugend. In Amerika hatte er einen Freund, der am Bau arbeitete, der würde ihm schon einen Arbeitsplatz finden. Alek versprach den Leuten, das geborgte Geld mit Zinsen zurückzuzahlen. Dann fuhr er los.

Er war eine ganze Weile weg und noch länger. Er schrieb nicht, wozu auch. Die Leute begannen sich um ihr Geld zu sorgen. Und als sich die Sorgen zur Nervosität auswuchsen und die Nervosität zur Gewißheit, daß sie betrogen worden waren, und als diese Gewißheit sich auflöste in Mutlosigkeit und Schamgefühl, daß sie sich so hatten hineinlegen lassen, als sie schon alle diese Etappen durchgemacht, durchgekaut und durchgesoffen hatten, und als die Abneigung gegen Alek gemeinsam mit der Erinnerung an ihn immer schwächer wurde, da tauchte Alek plötzlich wieder auf. Genauso wie in einem amerikanischen Western. Die Sonne im Rücken, einen Hut auf dem Kopf, und alle sahen nur seine dunkle Silhouette, die im gleißenden Sonnenlicht flimmerte. Und sie mußten die Augen zukneifen und die Hand an die Stirn legen, um zu sehen, wer das war. Und sie kniffen sie zusammen, weil sie wissen wollten, wer da kam. Erst als er schon ganz nahe war, sahen alle, daß Alek kam.

Sie freuten sich, weil sich die Armut bemerkbar machte und sie jeden Groschen brauchen konnten. Vor allem aber freuten sie sich auf die Erzählungen aus der Welt – die interessierten sie ganz besonders. Sie schleppten Tische auf den Platz hinaus und stellten sie zu einem großen Quadrat zusammen, dann setzten sich alle, und Alek begann zu erzählen, obwohl er nicht zu den Gesprächigsten gehörte. Aber er mußte. Sie aßen und tranken um sein Geld, und er erzählte drei Tage lang von Amerika.

Am dritten Tag blieben nur mehr die Männer und der Wodka übrig, weil keiner mehr Essen anschleppen wollte, und die Frauen mußten sich um ihre Angelegenheiten kümmern. Alek erzählte davon, wie sie Ziegel geschupft hatten, und wie heiß es gewesen war, so heiß, daß einem das Hemd vor lauter Schweiß am Körper klebte, bis es einer von ihnen nicht mehr ausgehalten hatte und zum Himmel gebrüllt hatte: »Heiß ist es!«, und die Burschen hatten darauf wie aus einem Mund geantwortet: »Und ficken wollen wir!«

Oder er erzählte von der Zahnlückigen, so einer kleinen polnischen Hure, der die Hälfte der Zähne fehlte. Sie stammte aus Schlesien und vergaß rasch, daß sie einmal Polnisch gesprochen hatte. In Amerika lispelte sie nur mehr in einem aufgesetzten Englisch. Keiner verstand sie so recht, aber schließlich war sie nicht zum Reden da, sondern für ihre Schwänze. Und wie sie sich einmal in einer Schlange bei ihr anstellten und sie es ihnen so richtig besorgte, da kamen sie nach ihrem Weggehen drauf, daß Franio zweihundert Dollar fehlten. Die konnte er auch verloren haben, denn schließlich war er besoffen.

Doch eines Tages schauten sie von einer Mauer hinunter, die sie gerade errichteten, und dort unten stand die Zahnlückige und lächelte. Aber irgend etwas an ihrem Lächeln war falsch. Es war so falsch, daß sie ihrer Sache nicht sicher waren. Sie wußten nicht recht, was es war. Irgendwie schien sie dieselbe Zahnlückige zu sein, aber halt doch nicht die Zahnlückige. Sie stand immer noch da und lächelte frech in die Sonne, und die Sonnenstrahlen wurden von ihren schönen weißen Zähnen reflektiert, perlenweißen Schaufeln, wie man sie nur bei jungen Negerinnen sieht … Und erst in diesem Moment, als alle vom unnatürlichen Weiß des Lächelns der Zahnlückigen geblendet wurden, begriffen sie, was gespielt wurde. Franio begann zu brüllen, er wisse schon, für wessen Geld sie sich diese weißen Schaufeln besorgt habe, und er werde gleich hinunterkommen und ihr mit einem Schlag einen Durchzug in ihren Blasbalg machen … Bevor er jedoch vom Gerüst steigen konnte, war die Zahnlückige, die dank ihrer neuen Zähne keine Zahnlückige mehr war, verschwunden, und sie ward nie mehr gesehen …

Da war auch einer namens Kaziu. Ein Brocken von einem fünfzigjährigen Bauern. Es stellte sich heraus, daß seine Mutter die amerikanische Staatsbürgerschaft besaß, doch das erfuhr Kaziu erst in Amerika. Und er erfuhr auch, daß er damit automatisch ebenfalls Amerikaner war. Das war scheinbar ein Glück, doch in Amerika wollte ihm das keiner glauben. Jeder meinte, Kaziu habe sich das bloß ausgedacht, und keiner wollte ihm eine legale Arbeit geben. Wie alle übrigen konnte er nur schwarzarbeiten. Und so verfluchte Kaziu, der schließlich ein ehrlicher Bursche war, Amerika und begann aus diesem Grund zu trinken.

Er trank am meisten von uns. Einmal hörten wir mitten in der Nacht, wie jemand die Tür zu unserem Haus öffnete. Wir wußten, wer fehlte. Das konnte nur Kaziu sein. Keiner hatte Lust oder auch Kraft genug, um aufzustehen und ihm zu helfen. Aus den Betten hörten wir, wie Kaziu gleich beim Eingang zu Boden stürzte und nach einem Moment der Stille zu kriechen begann. Und er kroch und kroch und kroch … Man konnte hören, wie schwer ihm das fiel ... Am Morgen hielten wir Nachschau. Und Kaziu schlief mit dem Kopf auf dem Teppich und den Beinen auf dem kalten Boden. Kaum hatte er etwas Warmes unterm Kopf gespürt, war er schon eingeschlafen. Weiter hatte er nicht kämpfen müssen.

Kaziu träumte davon, gleich nach der Rückkehr aus diesem verfluchten Amerika in Polen ein Haus zu besitzen, so einen Würfel, wie man ihn zur Zeit der Kommune baute, und in diesem Würfel würde es einen kühlen Keller geben, und im Keller ein Bett mit Federeinsatz und Matratze. Und wenn Kaziu zurückkommt aus diesem verfluchten Amerika, und wenn es in Polen so heiß ist, daß die Spatzen von den Bäumen fallen, dann wird er eine Flasche eiskalten Wodka nehmen und damit in seinen Keller gehen, sich auf das Bett schmeißen, daß die Federn nur so quietschen, und dort liegen und an der Flasche nuckeln, und sonst wird er nichts machen, nur liegen und in seinem kalten Keller an der Flasche nukkeln, und nicht einmal die Fliegen wird er verjagen, sondern nur nuckeln und liegen.

Alek erzählte auch, wie er einmal in Manhattan war. Und wie er dort eine russische Reisegruppe sah. Sie gingen so wie er durch Manhattan und betrachteten die Wolkenkratzer und all die Schaufenster, und dann wieder die Wolkenkratzer und wieder die Schaufenster, bis es einer von den Russen nicht mehr aushielt und seine Kumpel fragte:

»Und bei uns, was gibt's da?« Und er gab sich gleich selber die Antwort: »Bei uns gibt es gawno, Scheiße!«

So war das. Solche Dinge erzählte Alek. Ein wenig durcheinander, doch er gab sich Mühe. Als er schon mächtig betrunken und sehr müde war, begann er davon zu sprechen, daß er sich nach den hiesigen Feldern gesehnt hatte, und daß ihm der Wodka und die Menschen von hier abgegangen waren, ja und dann die Ruhe, denn in New York bekommt man Kopfweh vom ständigen Hinaufschauen zu den Wolkenkratzern, und es gibt viel zu viele Menschen, und jeder führt eine andere Sprache im Mund, so daß man sich mit keinem verständigen kann.

Doch am Ende meinte er, man könne sagen, was man wolle, am Schlimmsten seien im Ausland ja doch die Polen. Die machen einander kaputt und bestehlen einander. Es war ausgerechnet ein Pole, der ihn um sein Geld brachte, und Alek mußte diesem Polen die Arme brechen, und trotzdem hat er nicht sein ganzes Geld wiederbekommen, weil sich diese Ratte mit gebrochenen Armen und seinem Geld irgendwohin verdünnisiert hatte.

»Bei einem Polen kommt in Amerika der echte Pole zum Vorschein. Der würde seine eigene Frau als Hure verkaufen, seinen Freund für den Organhandel und sich selber für ein paar grüne Scheine!« sagte Alek seufzend und ließ den nächsten Schluck Wodka glatt durch die Kehle rinnen.

So erzählte er drei Tage lang. Es regnete nicht, die Sonne schien, die Nächte waren warm. Und weil das Wetter so schön war, mußte er ohne Unterlaß erzählen und Essen und Trinken spendieren. Und je länger er erzählte, desto mehr mußte er spendieren. Schließlich kam er aus Amerika, nicht wahr? Erst als er sich beim Reden ständig verhaspelte und zum zweiten Mal vor Müdigkeit ohnmächtig wurde, ließen sie ihn in Ruhe.

Alek hatte in Amerika ein wenig geschuftet, aber auch einiges verdient. Allerdings nicht so viel, daß er reich geworden wäre. Das Geld zahlte er natürlich zurück. Und er kaufte sogar Geschenke für die Kinder, weshalb ihn alle gern hatten, aber sie hatten ihn ohnehin immer schon gern gehabt. Darüber hinaus konnte er sich nur mehr die alte Hütte neben der Kapelle mit der Blauen Madonna kaufen und herrichten. Er dichtete das Dach ab, malte die Zimmer aus, baute neue Fenster ein, und das war's schon. Um essen zu können, mußte er sich eine Arbeit suchen.

Am nächsten und leichtesten war das beim Schwager. Obwohl er Józef Myśliwski nicht ausstehen konnte, fragte Alek ihn um Arbeit. Myśliwski nahm ihn auf, obwohl er Alek auch nicht mochte. Warum war der eine gekommen, und der andere hatte ihm Arbeit gegeben? Vermutlich beneidete der eine den anderen. Alek beneidete Józef um seinen Reichtum, und Józef beneidete Alek um seine Freiheit. Das war es, was sie verband. Dann war da noch etwas. Maria. Aber der schenkten sie keine Beachtung. Als existierte sie gar nicht. Vielleicht früher einmal, aber seit einiger Zeit schien sie keiner von ihnen zu brauchen.

Marias Haut, vor allem die im Gesicht, war so dünn, daß man beinahe alle Adern sehen konnte. Dieses blaue Stickwerk reizte Józef. Es konnte vorkommen, daß es ihn zur Weißglut trieb. Meistens dann, wenn er schon nicht mehr die Kraft hatte, die Welt zu sehen. Dann wollte er seine eigene Kraftlosigkeit durch Marias Schwäche überwinden.

Nach dem ersten Schlag packte ihn die Wut. Das Bild verschwamm vor seinen Augen. Das Ganze pulsierte wie Blut in seinen Schläfen, und zwar so rasch, daß Józef mit der Welt nicht Schritt halten konnte. Er verlor sich und wußte nicht mehr, ob er noch da war oder nicht mehr. Manchmal hörte er durch das Rauschen in den Ohren seine eigene Stimme, denn es war wohl seine Stimme, die röchelte, als kriege er keine Luft mehr: »Warum tust du so, Hurerei elendige! Tu nicht so, als würde das weh tun! Tu nicht so, als habe das weh getan! Denn ich schlage gar nicht so fest zu! Sei lieber froh, denn du würdest eigentlich noch viel mehr verdienen, dafür, daß du so ausschaust ... dafür, daß ich mich um alles kümmern muß und daß es ohne mich das und das und das nicht gäbe ... schau dich doch nur an!« Er geriet in Fahrt und konnte sich nicht mehr an den Anfang erinnern. Wenn er Krzysio schlug, dann nur wegen dieser Schlampe. Weil sie das Kind schützte!

Wenn alles vorbei war und Maria dalag und mit dem Kind in den Armen leise schluchzte, taten ihm sie und das Kind und er sich selber schrecklich leid. Er schämte sich für alles, und wenn er nicht sofort den Raum verließ, brachte ihn seine Scham von neuem in Fahrt, und es konnte vorkommen, daß er sie mit den Füßen zu treten begann. Aber nicht einmal dann schrie Maria, nur das kleine Kind ...

Marias Gesicht zog sich vor Schmerz zusammen wie eine Faust, so fest, daß es später schwerfiel, es wieder zu öffnen. Sie lächelte selten, und wenn, dann nur für ihren Sohn, der schmerzhaft in ihre Brustwarzen biß, wenn sie ihn an die Brust legte. Sie gehörte nicht zu den Frauen, die auf die Titelseiten der farbigen Illustrierten gelangen. Wenn sie einmal so eine Zeitschrift zur Hand nahm, dann verstand sie die Bisnesswoman nicht, die ein steifes Jackett trug und klug über nichts daherreden konnte. So eine Frau gewann in Marias Augen erst dann an Wert, wenn sie im Interview etwas über ihr Kind oder ihren Mann sagte. Maria glaubte nicht an die Welt dieser Frauen – die war zu farbig, zu lächelnd, zu sauber. Vielleicht las sie deshalb meist nur die Seiten mit den Rezepten für ein Mittagessen oder einen Kuchen.

Sie gab sich völlig der Situation hin, die ihr Leben ausmachte. Diese Hingabe reizte Józef, manchmal aber rührte sie ihn auch. Dann mußte er, um seine Frau nicht zu schlagen, mit einer Frau schlafen, oder mit zwei oder drei … Er setzte keine großen Erwartungen in sie und nahm alles, was ihm unter die Lenden kam. Die Haut seiner Hände war von der Arbeit hart geworden und spürte nicht die Feinheit der weiblichen Körper. Sie war wie Holz, und auch Józefs Händedruck war wie Holz.

Er suchte keine Liebe bei anderen Frauen. Er suchte Erleichterung. Manchmal fand er sie, aber erst nach harten Kämpfen, als hätte er sich mit einem Feind gemessen. Mit Maria schlief er nicht. Nur manchmal kam er betrunken zu ihr und rammte sich schmerzlich in sie hinein, dann blickte sie zur Decke und sagte sich, es werde gleich vorbei sein, er werde gleich einschlafen, werde gleich aufhören zu stöhnen, es werde gleich vorbei sein …

Trotzdem fürchtete sie ein Leben ohne Józef. Sie wußte, daß das völlig anders sein müßte, und vor dieser Andersartigkeit hatte sie noch mehr Angst als vor so einem Mann.

Bekanntlich gab es eine Zeit, da Józef Myśliwski Füchse züchtete. Im Spätherbst, wenn sie den längsten Pelz hatten, näherte sich Józef den ausgewählten Exemplaren und tötete sie mit Stromstößen. Er steckte dem Fuchs eine Elektrode in den Hintern, und den zweiten Kontakt packte das Tier selber mit dem Maul. Durch den Fuchsleib schoß ein Stromschlag von 220 Volt, und das tierische Gehirn verwandelte sich in eine zähflüssige Masse.

In jener Zeit war Tosiek der einzige Gehilfe Józefs. Er packte den Fuchs mit sicherem Griff am Genick, die zweite Hand faßte den Schwanz. Als er in Myśliwskis Farm zu arbeiten begann, verwendete er eine spezielle Zange für die Füchse, aber er erlangte rasch eine solche Fertigkeit, daß ihm die Hände genügten. Mit einem kräftigen Ruck holte er sein Opfer aus dem Käfig, während der Fuchs sich verzweifelt loszureißen versuchte. Er spannte sich in Tosieks Händen wie eine Saite, seine ganze Kraft lag darin. Bis das ganze Fell von Funken sprühte, wenn jemand ans Feuer glaubte. Wenn jedoch jemand ans Wasser glaubte, dann dampfte der sich wehrende Fuchs aus allen Poren Leben, das an den Haarspitzen zu Tropfen gerann, die das Fell so belebten, daß es wogte wie der Weizen im Wind, der kurz vor einem Gewitter aufkommt, und dann sah der sich sträubende Fuchs aus, als schüttle er sich nach einem Bad.

Im Inneren des Fuchses begannen alle Adern, die die Muskeln zum Leben erwecken, und jeder Tropfen Blut in diesen Adern zu rasen, so daß sie aneinanderstießen und einander bedrängten, ohne jedoch aus dem Gleichgewicht zu geraten, sie wußten nur noch genauer, noch viel genauer, in welche Richtung sie fließen, von wo sie wohin stürzen, worin sie aufgehen und wo sie durchfließen mußten. Eine unübersehbare Anzahl fadenförmiger Nerven und Knochen und sogar die Klauen, die rascher zu wachsen begannen, das alles, alles erfüllte sich mit Leben wie nie zuvor. Alles hatte es plötzlich eilig zu leben. Sehr eilig sogar. Als wollte es die kurze noch verbliebene Zeitspanne ganz mit sich selber ausfüllen. Der Stromstoß schnitt jedoch alle Bewegungen, die Eile, die Belebung mit einem einzigen Fingerschnipsen ab.

Den toten Fuchs hängte Józef an einen Haken, mit der Schnauze nach unten. Zuerst schnitt er das After ein, dann die Vorder- und Hinterpfoten und am Ende die Schnauze, aus der manchmal ein Tropfen Blut fiel. Mit einem großen Fleischermesser trennte er die Haut mit dem flauschigen Pelz von den steif gewordenen Muskeln. Wie klein und mager so ein abgehäuteter Fuchs war!

Den nackten Leib warf er auf einen Haufen mit anderen Leibern, den er anzündete. Der schwarze Rauch stank nach gebratenem Fleisch und verband sich mit den Wolken. Aus diesen Wolken fiel später das Wasser, das man trinken konnte. Doch das hatte keine Bedeutung. Wichtig war nur die Haut, oder besser der Pelz.

Diesen Pelz steckte Józef in ein Faß mit grobem Salz. Er beließ ihn in diesem Faß, bis das Salz alle restlichen Muskelfasern weggefressen hatte. Dann zog er die Haut auf einen Streckrahmen auf und befeuchtete sie mit einer Lösung aus Ameisensäure. Die Haut wurde weich und konnte nach dem Trocknen verkauft werden. Man brauchte die Haare nur mehr ein wenig zu bürsten und fertig. Es war angenehm, sich in so einen weichen Pelz zu kuscheln. Man konnte eine künstliche Nase annähen und Augen mit Plastikpupillen in die leeren Öffnungen stecken, dann sah der Pelz beinahe aus wie ein lebender Fuchs, bloß ohne Eingeweide und Bewegung.

Kneipe und nicht nur

Das hier war das richtige Leben! Daß einem die Eingeweide vor Freude im Leib sprangen! Frau Mariola war stets wie ein Püppchen. In der Hand einen Krug Bier, dazu der prachtvolle Busen. Die »Zagroda« war für alle nah, weil der Weg das Ziel heiligt, und ob zu Fuß, mit dem Rad oder mit dem Traktor, wer hinkommen wollte, war dort. Am längsten hatte sie samstags und sonntags geöffnet. Ab zehn Uhr, gleich nach der Frühmesse, bis zweiundzwanzig Uhr! Leute, die »Zagroda« war der reine Himmel, nicht so ein elendes Leben!

Hier fühlte sich Alek am wohlsten:

»Frau Mariola. Meine Augen haben schon viele Frauen gesehen, nicht so wie die Leute hier, die nur ihre eigenen Fratzen zu sehen bekommen. Ich hab Schwarze gesehen und Gelbe, Ihr Gesichtchen aber ist so frisch, daß man am liebsten hineinbeißen möchte.«

Frau Mariola brach in fröhliches Lachen aus und wurde noch etwas röter im Gesicht, so daß sie aussah wie ein reifer Apfel.

»Ihr Hintern aber, Frau Mariola, da bleibt einem die Spucke weg!«

»Nur nicht so was!« empörte sich Frau Mariola nicht ernsthaft. »Ich bin eine ehrenhafte Frau«, heuchelte sie charmant.

Ausnahmslos alle waren begeistert von ihren Rundungen, weil es jedem gefiel, wenn seine Blicke über diese Kurven glitten.

»Leute, Leeeuuute! Wie gut geht's uns heute!« brüllte einer. »Ich bin heut um acht aufgewacht und hab gleich gewußt, was zu tun ist. In die ›Zagroda‹, dachte ich mir, und was ich denke, das mach ich! Was für ein Leben! Der reinste Himmel, kein Leben!«

Auch Michał fühlte sich wohl hier. Er sprach gerade mit einem kleinen Männchen, dem die Stirn an der Tischplatte klebte.

»Wissen Sie was, Herr Zygmunt? Sie erinnern mich an einen bestimmten amerikanischen Schauspieler. Wie hieß der bloß? Irgendwie mit Ha…«

»Hackman?« mischte sich ein Schlaumeier ein.

»Nein … Nein … Ach ja, ich weiß schon, Huckleberry!«

Das Bier trieb den Harn an.

»Leute, Leeeuuute! Was ich für einen schlauen Sohn hab!« rief einer mit singender Stimme. »Der war schon im Kindergarten so intelligent! Er hat dort Englisch gelernt. Da sag ich einmal zu ihm: Söhnchen, sing mir was vor auf englisch. Und Leute, wie schön der gesungen hat. Es ging ungefähr so: ›But wsjegda budjet sooonze! But wsjegda budjet sjeeema!‹«

»Jesus Maria, was ich in meinem Leben geschuftet hab!« stöhnte der nächste und schaute auf seine Hände. »Mit diesen Händen hab ich mit Glaswolle gearbeitet. Ohne Handschuhe. Die Wolle war so fein, daß sich winzige Stücke in die Haut gearbeitet haben. Die sind dann zwei Wochen lang herausgeeitert. Aber nach zwei Wochen war die Haut so hart wie Stahl, so daß ich …«, und er zerbrach ein Glas mit bloßen Händen. Dann zerdrückte er es in kleine Stücke, die er vom Tisch blies wie Sand.

»Frau Mariola, Frauen wie Sie werden aus einem herrlich schmeckenden Teig gemacht.«

«Nur nicht so was«, Frau Mariola wischte verschüttetes Bier von der Bank. »Mich kann man nicht so leicht aufs Kreuz legen.«

Von der Wand her ertönte eine ernste männliche Stimme.

»Manche Socken sind nämlich besser und andere schlechter. Manche kann man drei Tage tragen und nichts, und andere hast du kaum angezogen, und schon stinken sie.«

»Leute, Leeeuuute! Was für einen schlauen Sohn ich hab! Der geht schon seit ein paar Jahren immer in dieselbe Klasse! Ich hab nicht gewußt, warum er so lang in ein und derselben Klasse hockt, da hat er mir das erklärt: ›Vater, erst wenn man etwas mehrmals wiederholt, versteht man es richtig.‹ Und Leute, mein Sohn will alles richtig verstehen, so versessen ist der aufs Lernen.«

Einer jammerte:

»Es gibt nichts zu tun! Es gibt nichts zu tun! Gar nichts, man kann nur mit seinem Schwanz Birnen herunterstangeln.«

«Ich hab immer gesagt, wenn ein Hund nichts zu tun hat, dann leckt er sich die Eier.«

»Jesus Maria, ich hab so viel geschuftet, daß ich immer was zu tun hab. Wenn ich daran denk, was ich in meinem Leben schon geschuftet hab, werd ich auf der Stelle müde. Mit diesen meinen Händen hab ich einmal mit einem Fetzen Erdöl aus Tanks gewischt, und die Kessel waren so hoch wie drei Stockwerke, und es gab nicht genug Luft drin, und das Öl tropfte auf die brennende Glühbirne, und wir hatten löchrige Handschuhe, so daß mir das Öl auf die Hände tropfte und sie so verbrannte, daß mir Blasen aufgingen wie von kochendem Wasser, wenn ich die Handschuhe auszog ... Und ein paar Tage später haben sie im Fernsehen gesagt, daß genau so ein Kessel explodiert ist und sechs Burschen ums Leben kamen, die ihn gerade reinigten ...«

Marian Zygmunt saß da, den Blick starr nach vorn gerichtet, er schien sich auf etwas zu konzentrieren. Nach einer Weile wurden seine scharfen Gesichtszüge sichtlich weicher.

»Herr Marian, jetzt haben Sie sich schon wieder angepinkelt!« Frau Mariola rang die Hände. »Das wievielte Mal das schon ist! Das wievielte Mal!«

»Ach, weil ..., weil ...«, stammelte Marian Zygmunt.

Alek sprang wie eine Balletttänzerin zu ihm hin und stieß ihn vor die Tür. Michał blickte auf den Drachen, der sich auf Aleks Bizeps bewegte. Der Schwanz des Reptils schlängelte sich und zuckte, und Michał murmelte:

»Mein Gott, wie schön. Ich muß mir ständig vorsagen, daß ich das gemacht hab. Das ist so schön, daß ich gleich ...«

Marian Zygmunt fiel aus der Tür, doch er hatte die seltsame Gabe, daß er nie stürzte. Sogar wenn er so betrunken war, daß er sich nicht mehr erinnern konnte, ob er getrunken oder bloß vom Trinken geträumt hatte. Im übrigen merkte er selten den Unterschied. Alek warf ihn aus der »Zagroda« hinaus, und Marian Zygmunt schritt steifbeinig über die Stufen hinunter, wobei er unwillkürlich die Beine hob, als gehe er über glühende Kohlen. Er taumelte zwischen die draußen stehenden Plastiktische, hielt sich an einem Plastikstuhl fest und riß ihn um, da er zu leicht war, wobei er geschickt zwischen einem Sturz und freiem Flug balancierte, bis er schließlich gegen die in seinem Weg stehende Mauer knallte.

Alek kehrte mit energischen Schritten zu Frau Mariola zurück, die verschämt mit den Wimpern klimperte.

»Sehen Sie diesen Drachen?« fragte er und spannte den Bizeps. »Er beißt, grrr…«, und er klappte die Zähne zusammen, so daß Frau Mariola vor Lachen quietschte. Ihr Quietschen übertönte einen männlichen Baß, der schwer wie Gestank über den Boden waberte:

»Also, ich muß mich aufmachen. Es gibt nichts zu tun, drum muß ich gehen.«

»Ich geh nirgends hin. Es gibt nichts zu tun, drum geh ich nirgends hin.«

»Ich hab immer genug zu tun gehabt. Jesus Maria, wenn ich nur daran denke, wie Myśliwski, diese Kröte, und ich den Füchsen mit bloßen Händen die Haut abgezogen haben, und jeden Tag mußte ich beim Morgengrauen aufstehen, mit dem Fahrrad hin, um ihnen was zum Fressen zu geben, dann mit dem Fahrrad wieder zurück zur Arbeit, und nach der Arbeit wieder mit dem Fahrrad hin, um diesen Biestern wieder Fischmehl zu geben, und das zehn Jahre lang, sieben Tage in der Woche, an jedem Feiertag, so daß mir manchmal die Kotze hochkam und das Blut aus der Nase schoß, und was hab ich jetzt davon, gar nichts, weil ich für so einen wie den Myśliwski geschuftet hab, und nicht für mich selber …«

Einer rief mit fröhlicher Stimme:

»Ich sag euch was, es gibt Leute, die spucken einer Hur ins Maul und sagen, es regnet!«

Aus einer anderen Ecke ertönte es darauf:

»Ich mach mir nichts daraus, egal ob Hur oder Regen, am liebsten ist mir ein kühles Bier.«

»Oj, nur kein Bier. Nur kein Bier. Das Bier hat mir den Magen ruiniert. Da trink ich schon lieber Schnaps, der ist wenigstens gesund!«

Manchmal kamen auch Fremde, um etwas zu trinken. Sie verirrten sich vom See hierher, oder sie kamen von der Landstraße, aber die waren seltener, weil die Kneipe nicht besonders ansehnlich war. Wenn so einer hereinkam, wurde er sofort eingeschätzt, ob man ihn prügeln oder mit ihm trinken konnte. Wenn er am Morgen kam und mit seiner Frau, und wenn er noch diesem oder jenem einen spendierte, dann eher zum Trinken, wenn er aber allein kam und gegen Abend und vielleicht noch ein wenig beschwipst war und den hiesigen Weibern Augen machte, dann …

»Frau Mariola«, ließ sich Alek, bereits ziemlich angeheitert, vernehmen. »Für mich darf ein Busen nicht in die Hand passen, denn wenn er hineinpaßt, dann ist er vertrocknet, und wie … Aber der Ihrige, der paßt nicht einmal in zwei Hände … Ich würde gern …«, und obwohl er genau wußte, was er gern würde, schien er es für diesmal doch ein wenig vergessen zu haben, und am Ende erwachte er irgendwo draußen, außerhalb der »Zagroda« und von Frau Mariola.

Frau Mariola machte immer erst nach der Sperrstunde zu. Sie seufzte gegen den schwarzen Himmel und begann zu träumen. Dann ging sie träumend die Straße entlang, bis zu der deprimierenden Ansammlung von Kolchosenwohnblocks, von denen jeder zwei Stockwerke hoch und zwei Stiegenhäuser breit war.

Manchmal klopfte Józef Myśliwski bei ihr an. Er bemühte sich, so selten wie möglich zu kommen, damit es kein Gerede gab, aber auch so redeten alle darüber. Warum sollten sie auch nicht darüber reden, da er schließlich nicht nur wegen ihr in die Siedlung ging. Keiner hatte ihn je bei etwas ertappt, aber in den Höfen liefen ein paar Buben herum, die ihm so ähnlich sahen, als habe man ihm die Haut abgezogen. Das konnte schon einen gewissen Verdacht wecken, nicht wahr?

Frau Mariola ließ ihn immer ein. Sie hatte ihn sehr gern, obwohl er davon nichts hören wollte. Es war ihm auch völlig egal, was sie dachte. Wichtig war nur, daß er, wenn er in sie eintauchte, alles vergaß. Das war ein großes Geschenk für ihn. Im Bordell brachten nicht einmal vier Teenager auf einmal das zuwege, was Frau Mariola schaffte. Die waren nicht imstande, ihn zu beruhigen. Sie hatte jedoch etwas an sich, was sie selber nicht verstand. Etwas, was ihn so weit beruhigte, daß er bei ihr einschlief. Deshalb ging er zu ihr, sie aber nahm dafür nichts.

Er sprach ihr von Villen und Halsketten, von Ferien auf heißen Inseln und Autos, und sie dachte nur: »Laß ihn reden.« Sie wußte, daß er zu ihr kam, weil sie war, wie sie war. Einmal wollte er ihr Geld geben. Sie war beleidigt, denn schließlich war sie nicht so eine. Er brüllte sie an, was sie sich einbilde?! Er werde nie mehr zu ihr kommen! Er kam aber trotzdem. Und er wollte ihr auch nichts mehr geben, sondern warf sich einfach auf sie. Er war immer sehr schwer, obwohl alle anderen für sie so leicht waren wie Federn. Davor hatte sie ein bißchen Angst, aber das bißchen war eben das, was ihr Freude machte. Das brachte nur er zuwege.

Wenn sie fertig waren und keine Lust mehr verspürten, sondern nur mehr ausruhen wollten, konnte es vorkommen, daß er von seinem Vater zu reden begann. In letzter Zeit dachte er oft an seinen Vater, und wenn er überhaupt von jemandem sprach, dann von ihm.

Er erzählte, wie sein Vater aus der Arbeit gekommen war und ein belegtes Brot mitgebracht hatte, das ihm von seiner Jause übriggeblieben war. Beim Eintreten rief er, er habe für Józio ein Brot vom Hasen, und dann lief Józef, so rasch ihn die Beine trugen, zum Vater hin und aß dieses Brot, das ihm besser als alles andere schmeckte, eben weil es vom Hasen war. Der Vater lachte lauthals, wenn der kleine Józio das Brot mit so viel Appetit in sich hineinstopfte.

Später erinnerte er sich nur mehr an die Streitereien mit dem Vater. Die wurden immer erbitterter, je größer er wurde. Streitereien um Nichtigkeiten. Bei einer ging es um ein Fußballmatch. Unsere verloren, aber es handelte sich um ein Rückspiel, und weil sie das erste Match hoch gewonnen hatten, stiegen sie auf in die nächste Runde. Józek freute sich mit seinem Cousin darüber, als sich der Vater einmischte.

»Wie ist das jetzt? Haben Unsere gewonnen oder verloren?«

»Jetzt haben sie verloren, aber insgesamt haben sie gewonnen ...«

»Moment, Moment. Wie können sie gewonnen haben, wenn sie doch verloren haben?«

»Schau, Papa ... Die Niederlage läßt sie gewinnen.«

»Das verstehe ich nicht. Niederlage ist Niederlage. Du wirst mir nicht einreden, daß derjenige, der verloren hat, gewonnen hat.«

»Aber ... In Wahrheit haben sie gewonnen ...«

»Ich bin doch nicht blind. Eins zu Null für die anderen. Das heißt, die anderen haben gewonnen.«

Es half nichts. Józef gab seinem Vater recht. Für den Vater mußte alles klar sein. Es gab nur Schwarze, Weiße, Gelbe. Keine Mestizen, Mulatten und so was ...

Einmal schaute sich der Vater im Fernsehen ein Konzert von Karel Gott an – ein tschechischer Sänger, an den sich höchstens noch ältliche Tanten erinnern. Der Vater liebte Karel Gott. Ein stets adrett frisierter, stets lächelnder Mann in einem eleganten Anzug, er hielt ein dünnes Mikrofon in zwei Fingern der rechten Hand, wobei er vor Entzücken den kleinen Finger wegstreckte – genauso wie der Vater, wenn er das letzte Glas Wodka austrank, um gleich darauf auf dem Sessel einzuschlafen.

Mit einem Mal löste sich auf dem Bildschirm aus der Gestalt Karel Gotts dessen Spiegelbild.

»Schau Józio, wie ihm der ähnlich schaut«, bemerkte der Vater und zeigte mit dem Finger auf den Bildschirm.

»Nein, Papa, das ist nur ein Spiegelbild, so ein Schwindel vom Fernsehen«, versuchte Józef zu erklären.

»Was willst du mir da für Unsinn einreden«, fuhr der Vater auf. »Die im Fernsehen bringen alles zuwege, die haben sogar seinen Zwillingsbruder geholt, damit der mit ihm singt.«

»Papa, so ist das nicht ...« Im selben Moment löste sich aus dem Spiegelbild die Figur des nächsten Zwillingsbruders.

»Schau, Józio, noch einer!«

»Aber Papa, die sind nicht wirklich, nur Karel Gott ist wirklich, die anderen sind ein Schwindel!«

»Was du nur daherredest, mein Sohn. Die im Fernsehen können alles. Gott hat zwei Zwillingsbrüder, und die haben sie für ihn geholt, damit sie mit ihm singen. Ich wußte gar nicht, daß Gott Brüder hat.«

Kaum hatte er ausgesprochen, als sich Gott auf dem Bildschirm verzehnfachte, und seine Ebenbilder begannen umeinander zu kreisen wie Planeten, so daß man schließlich nicht mehr sagen konnte, welcher von ihnen der echte Gott war und welcher nur eine Spiegelung einer Spiegelung einer weiteren Spiegelung.

»Himmeldonnerwetter!« fluchte der Vater und sagte nichts mehr. Józef war zum Lachen zumute, doch als er den Vater ansah, verspürte er Unbehagen, weil er begriff, daß sich dieser betrogen fühlte.

Eigentlich sprachen sie nur selten miteinander. Der Sohn war kein gleichberechtigter Gesprächspartner für den Vater. Sie teilten sich einander nicht mit. Einmal kam der Vater irgendwie verstört aus der Arbeit. Es war nicht zu übersehen, daß ihn etwas quälte, doch er zögerte, ob er etwas sagen sollte oder nicht. Erst beim Essen konnte er nicht mehr an sich halten und brummte über den Tellerrand etwas zur Mutter hinüber, was eigentlich für Józef gedacht war:

»Himmeldonnerwetter, mein Arbeitskollege ist vom eigenen Sohn verprügelt worden.« Er schlürfte laut die Suppe, dann fügte er hinzu: »Mein Sohn würde mich nur einmal prügeln. Ich würde bis zur Nacht warten, die Axt nehmen, ihm den Kopf abschlagen, den in einen Sack stecken und damit zur Polizei gehen.«

Nach diesen Worten schlürfte er noch einmal, und seit diesem Zeitpunkt wußte Józef, daß er nie die Hand gegen den Vater erheben würde.

Um solche Kleinigkeiten ging es. Eigentlich nicht der Rede wert. Aber irgendwie ergab es sich so, daß Józef sie Frau Mariola erzählte. Für gewöhnlich war er kein Schwätzer, aber bei ihr begann er immer zu schwatzen. Er spuckte es aus sich heraus und fühlte sich erleichtert.

Früher hatte er sich auf diese Weise mit Maria unterhalten, doch das war lange her. Jetzt erteilte er ihr nur mehr Anweisungen. Nur einmal fragte er sie, sich dumm stellend, was sie von Marcin Panek halte. Nach kurzem Nachdenken antwortete sie, sie habe kein Vertrauen zu diesem Stutzer, er sehe so aus, als gebe er bloß vor, zu arbeiten, doch in Wahrheit hecke er irgendwas aus, man wisse nur nicht, was. Myśliwski machte eine wegwerfende Handbewegung, die so viel besagen sollte wie: Alte, du hast ja keinen Schimmer. Ein Stutzer muß er sein, weil ein Stutzer heute am besten ankommt. So sind nun einmal die Zeiten, daß ein Stutzer Vertrauen erweckt, schaust du nicht Fernsehen? Und daß er etwas ausheckt? Natürlich heckt er etwas aus. Schließlich muß er was verkaufen, da heckt er auch was aus!

Marias Meinung über Panek bestätigte Myśliwski nur in seiner Ansicht, daß es völlig sinnlos sei, mit ihr über ernste Dinge zu reden, wie dann erst über seinen Vater. Mit wem sollte er sich aber dann über ihn unterhalten? Sicher nicht mit den Weibern von der Begleitagentur! Blieb also nur Frau Mariola. So war das. Nur mehr sie.

Manchmal hatten sie einander so total erschöpft, daß sie auf der Stelle einschliefen. Dann wurden ihre Atemzüge weicher und ruhiger. Der eine verschwand für den anderen. Der Schlaf gestattete ihnen, einander zu entkommen. Voneinander getrennt, tauchten sie in einen Raum ein, in dem das Spiegelbild des Mundes zwischen den Wellen den sich widerspiegelnden Mund berührte. Im Traum war jeder für sich, irgendwie untergetaucht.

In letzter Zeit wurde das Erwachen unangenehm. Beide fühlten einen üblen Nachgeschmack. Józef deshalb, weil er wieder Frau Mariolas Reizen erlegen war, obwohl ihn außer ihren Titten und ihrem Hintern nichts an ihr reizte. Frau Mariola deshalb, weil sie wieder einmal gemeint hatte, sie sehne sich nach Józef, wobei sie sich in Wahrheit selber belog, und jetzt, da alles vorbei war, verspürte sie nicht das geringste Verlangen nach ihm. Sie begann sogar darüber nachzudenken, ob sie sich nicht vielleicht aus Angst mit ihm traf. Vielleicht wäre es besser, wenn er nicht mehr zu ihr käme. Er jedenfalls gelobte sich jedes Mal insgeheim, daß er nicht mehr kommen würde …

Oh nein, es war nicht so, daß sie sich miteinander gelangweilt hätten, sondern sie begannen sich voreinander zu schämen. Nicht wie Halbwüchsige, die noch zuwenig gesehen haben, sondern eben deshalb, weil sie einander in all diesen Jahren nur zu genau betrachtet hatten. Übrigens nicht nur einander. Durch den anderen sahen sie die Spuren der Liebkosungen von allen anderen, mit denen sie beisammen gewesen waren. Und sie spürten, daß sie das störte. Nicht daß sie aufeinander eifersüchtig gewesen wären. Es wurde ihnen klar, daß sie gezeichnet waren. Es genügte, daß Józef sich ankleidete und daß sie einander unwillkürlich anblickten. Dann zog sie sich hastig die Decke über, und er knöpfte rasch sein Hemd zu. Erst wenn er schon angezogen war und sie zugedeckt, konnten sie einander wieder ansehen. Unter den Schichten der Kleider sahen sie ihre müden Körper nicht, die jetzt, da das Verlangen gewichen war, nichts mehr zu bedeuten hatten.

Sie wußten viel voneinander. Zuviel. Das sagten ihnen ihre Körper. Sie waren zu erfahren in den Vergnügungen, um nicht die bleibenden Spuren zu bemerken, die sie an ihnen hinterlassen hatten. Ihre Begegnungen bedeuteten für ihn keine Beruhigung und Gelegenheit für guten Sex mehr. Ihr wieder schien es, als habe sie die ganze mit ihm verbrachte Zeit verschlafen. Die Chance, ein Kind zu bekommen, eine Familie zu gründen – in seltsamer Abhängigkeit von dem Mann, vor dem sie sich zu ekeln begann.

Sie sehnte sich nicht mehr nach Józef, wenn er sich einmal für längere Zeit nicht blicken ließ. Schließlich war da noch die Kneipe. Und in der Kneipe? Das wußte jeder. Dort gab es Willige. Sie verschmähte die Willigen nicht. Alek, Michał, dieser oder jener ... manchmal auch ein Fremder ... Immer tat sie es mit reinem Gewissen. Nie für sich selber. Stets gab sie sich für andere hin. Sie konnte keinem von ihnen weh tun. Sie konnte keinen von ihnen lieben. Sie wußte, daß sie ihnen gefiel und verspürte das wachsende Bedürfnis, zu überprüfen, ob sie nach wie vor Gefallen fand. Je größer ihre Zahl, desto größer wurde ihr Begehren nach ihnen. Als wollte sie die immer dicker werdende Puderschicht verleugnen, mit der sie bei der Morgentoilette ihr Gesicht bedeckte.

Am Ende begegnete ihr der Fremde, den Frau Mariola lange Zeit nicht vergessen konnte. Ein junger Bursche mit kohlschwarzen Augenbrauen. Die wuchsen ihm beinahe auf der Stirn zusammen, und das gefiel Frau Mariola ganz besonders. Er war beim Verlegen der Hochspannungsleitung beschäftigt. Er kam jeden Abend in die Kneipe und wurde seltsamerweise von keinem angestänkert, obwohl jeder sah, wie Frau Mariola sich nach ihm verzehrte. Eines Abends betrank sich der Bursche und begann zu weinen. In der Kneipe war nur mehr Marian Zygmunt, und der fand sich rasch vor der Tür wieder.

Frau Mariola begann den Burschen zu trösten, und er schmiegte sich an ihre Brust wie ein Kind und erzählte, was für Schande er über seine Mutter gebracht habe und daß sie ihm das nie vergeben werde. Frau Mariola bemühte sich, ihn zu überzeugen, daß eine Mutter immer vergibt. Sogar die schlimmste Mutter, wenn sie ihren Sohn nicht gleich nach der Geburt getötet hat, ist mit diesem für immer und ewig verbunden … Ja schon, er aber war seiner Mutter sehr dankbar, weil sie immer für ihn dagewesen war, denn an den Vater konnte er sich gar nicht erinnern … Und jetzt konnte er sich nicht verzeihen, daß er sie verraten hatte. Sie waren immer nur füreinander dagewesen, ihm aber hatte das nicht genügt, und das hatte er jetzt davon!

»Mein Ärmster du! Mein Ärmster du!« tröstete ihn

Frau Mariola, und er preßte sich noch tiefer in ihren Busen, bis er keine Luft mehr bekam, sie aber bekam rote Wange vor Begierde und begann rascher zu atmen …

Dann schlief er ein, und sie hatte Angst, sich zu bewegen. Das dauerte eine Weile, sie aber hätte am liebsten gehabt, daß sein Atem sie für immer wärmte. Plötzlich erwachte der Bursche, und als er sie sah, bat er sie für dieses und jenes um Verzeihung. Sie wollte ihn zurückhalten, doch er rückte von ihr ab und ging zur Tür. Sie blieb allein. Dann weinte sie lange.

Später kam ein Gerücht auf, das sich wie ein Echo verbreitete, und in diesem wie durch ein Echo verstärkten Gerücht rühmte sich Marta allen gegenüber, daß sie von einem Burschen von der Hochspannungsleitung schwanger sei. Erst jetzt begriff Frau Mariola, daß sich das Geständnis des Burschen auf Marta bezogen hatte. Sie wollte das nicht glauben. Aber alles kam an den Tag, als jener Unfall geschah und der Bursche verbrannte, daß er aussah wie ein verglostes Zündholz. Da konnte eine aus der Kolchosensiedlung ihre Zunge nicht im Zaum halten und sagte es dem Fernsehen, und das Fernsehen wiederholte es, und es kam heraus, nicht nur hier, sondern überall, daß er und Marta … du heiliger Josef, was für eine Schande! – das war das erste, was Frau Mariola durch den Kopf ging, aber gleich darauf korrigierte sie sich. Sogar wenn es eine Schande wäre, was machte das schon? Ein Toter kennt keine Schande. Einem Toten kann die Schande nichts mehr anhaben.

Nur daß Frau Mariola seit dem Tod des Burschen sehr traurig und einsam war. Wie nie zuvor. Was hatte sie davon, daß sie nach wie vor Gefallen fand und mit vielen schlief? Sie schlief mit ihnen, um ihn zu vergessen. Sie begriff offenbar, daß es auf dieser Welt keine Chance mehr für sie gab. Denn in ihrem Herzen war er und nur er allein. Und sie hatten einander so grausam verfehlt.

Frau Mariola erinnerte sich ständig an den Moment, in dem sich der Bursche an sie geschmiegt hatte. Doch dieser Moment verflüchtigte sich zusehends, und die Gestalt des jungen Mannes begann sich aufzulösen. Bis nur mehr ein zu Asche zerfallener Schatten von ihm übrigblieb, und Frau Mariola war der Meinung, nun sei alles vorbei, weil gerade Myśliwski zu ihr gekommen war und sie sogar etwas für ihn empfand, doch als Myśliwski am Morgen wortlos aufstand und ging, wehte es ihr diese Asche in die Augen, und sie begann wieder herzergreifend zu weinen über den verlorenen Geliebten, der es nicht einmal geschafft hatte, sie zu lieben.

»Hast du schon einmal G... Gott gesehen«, fragte Michał stammelnd den betrunkenen Alek.

»Wen?«

»N... na Gott.«

»Was soll das sein?«

»Sag im E... Ernst, interessiert er dich nicht?«

Alek zuckte mit den Achseln.

»Was weiß ich? Früher einmal hab ich ihn gesehen, auf einem Bild, mit einem grauen Bart«, kicherte er eigenartig.

»Aber ich meine es e... ernst«, ließ Michał nicht locker. Mit der Stirn berührte er die Tischplatte, und man wußte nicht, ob er zu Alek sprach oder zum Tisch. »Ich hab mich einmal, als ich Drogen nahm, für G… Gott interessiert … Das war hier …«

Und er begann langsam und undeutlich zu sprechen, so wie ein Betrunkener spricht. Er erzählte von dem Moment, in dem LSD für ihn die Welt verändert hatte. Damals sah er, daß die Felder atmeten wie große Lungen. Und über die Stämme der Bäume rieselte Sand, den die aufgehende Sonne färbte, und Sand, rot wie Blut, strömte in kleinen Rinnsalen bis zu seinen Füßen und benetzte seine Sohlen … Michał verband sich über seinen Blutkreislauf mit der Erde, und er erkannte, daß er aus der Erde gekommen war. Der Wald rauschte wie im Märchen, daß das noch nicht alles war.

Denn das war noch nicht alles. Michał wurde ganz schwach, weil ihn das Ganze so beeindruckte, und er kniete nieder, und das Wasser, das von ihm tropfte, sickerte in die Felder und wand sich wie lange, dünne Schlangen um die Stämme der Bäume und drang in die Ritzen der Rinde. Wenig später sah Michał sich selber im Inneren der Bäume, wie er sich in Wasser verwandelte und zwischen ihren elastischen Fasern durchzwängte, so daß immer weniger von ihm übrigblieb und immer mehr von ihm in den Fasern war, für die Bäume, und gleichzeitig löste er sich wie Wasser im Boden auf, der jetzt seinen Anteil …

Doch das war noch nicht alles! Völlig geschwächt legte sich Michał hin, und der helle Himmel über ihm zerfiel in ein sternenübersätes Schwarz, und er wußte nicht mehr, wer er war, ob Frau oder Mann, und ob er überhaupt ein Mensch war oder ein Tier, oder vielleicht ein Stein, denn er konnte nicht einmal sagen, ob er atmete, und dann waren da auch keine Sterne mehr, da war gar nichts! Und er verharrte in diesem Nichts, und er wußte nicht, wie, wußte nicht, wie lange, ob mit dem Kopf nach vorn oder nach hinten, nach oben oder unten, oder gar kopflos, ob Minuten, Stunden oder Jahre … Und als er aus diesem Nichts herauskam, fühlte er sich wie ein winziges Samenkorn, das keiner brauchte, aus dem sich Leben, ebensogut aber auch der Tod entwickeln konnte, und in diesem Moment begriff er, daß er tot war, aber auch lebendig, und daß er zwar geboren wurde, aber ebensogut hätte nicht geboren werden können …

»D… das war dann ja wohl G… Gott, oder? W… was denn sonst?« stammelte Michał abschließend.

»Ich weiß nicht, auf jeden Fall war das eine ganze Menge«, stellte Alek fest und zuckte mit den Achseln. Und er trank sein dunkles Bier aus. Michał wollte noch etwas sagen, aber das war schon nicht mehr zu verstehen. Vom vielen Bier traten Alek die Tränen in die Augen:

»Ich würde mich schon mit einem Arsch zufrieden geben, oh, mit dem dort«, jammerte er leise vor sich hin. »Solche Hintern haben wohl nur Engel«, sagte er und seufzte tief, weil Frau Mariola gerade laut über einen Witz lachte. Doch ihr Lachen brach sofort wieder ab, es verdorrte und fiel zu Boden, wobei es ein müdes Gesicht entblößte, das keine Frucht hervorbringt. Es hatte den Anschein, als denke Frau Mariola über etwas nach. Über etwas, was für sie sehr wichtig war.

Nebel und nicht nur

Der See stellt für viele hier das Zentrum dar. Von ihm geht Leben aus. Je weiter weg vom See, desto weiter weg von zu Hause. Nur daß das Gebiet am See auf einer Seite von Fremden besiedelt wird. Sie kommen aus der Stadt und glauben, daß das Land schon ihnen gehört, weil ihnen Sękowiak erlaubt hat, ein Stück seines Landes zu pachten, auf das sie ihre plumpen Ferienhütten aus Sperrholz stellen. Die Fremden muß man den ganzen Sommer über hinnehmen. Manche auch bis in den Spätherbst hinein. Sie machen Dreck und sind laut. Aber das ist allen gemeinsam.

Der Alte lebte zwar am See, aber so versteckt, daß die Fremden nie mit ihm in Kontakt kamen, und auch von den Hiesigen wußten nur ein paar, wo seine Hütte stand. Nur wenige hatten mit ihm zu tun, aber alle hatten Angst vor ihm. Er selber wollte keinen stören, aber er störte fast alle. Die Menschen haben es nicht gern, wenn sie vor jemandem Angst haben. Und der Alte rief unbestimmbare Ängste in ihnen wach.

Er war alt und häßlich. Das Alter ist selten schön. Außer seinem Alter hatte der Alte noch ein paar sichtbare Fehler aufzuweisen. Vor allem waren seine Augen getrübt vom Star. Die Leute sagten, daß man, wenn man ihm in die Augen schaute, eine schwere Krankheit bekommen konnte. Einmal ging Krzysztof Myśliwski, der längst nicht mehr Krzysio war, ein wenig angetrunken zur Diskothek in der Kolchosensiedlung. Unterwegs begegnete er dem Alten. Der Grünschnabel war bester Laune, und der Abend versprach, toll zu werden. Vielleicht hatte er deshalb das Bedürfnis, dem Alten zum Spaß einen Schrecken einzujagen.

»Na, Alter? Soll ich dir eine in deine Lichter geben?« sagte er und schubste den Alten auf den Straßengraben zu.

Der Alte konnte nur mit Mühe das Gleichgewicht halten, als sich jedoch Krzysztof aufs neue näherte, zischte er ihn warnend an. Der Grünschnabel hielt für einen Moment verblüfft inne. Es genügte, daß ihm der Alte tief in die Augen schaute. Es war dunkel, und die Augen des Alten blitzten so unheimlich, daß Krzysztof erstmals verspürte, was Angst ist. Um sie herum erstarrte alles zu Stein. Es wurde ganz still. Kein Lufthauch regte sich. Als Krzysztof Myśliwski zu sich kam, war der Alte weg. Da war nur mehr die leere Straße. Der Junge zuckte mit den Achseln, als wäre nichts geschehen, und spuckte aus, um sich Mut zu machen. Doch im selben Moment packte ihn die Scheißerei. Er konnte keinen Schritt mehr tun, gar nicht davon zu reden, die Hosen herunterzulassen. Er schiß sich in die Hosen, bevor noch die Spucke in einem Bogen auf der Straße gelandet war. Krzysztof Myśliwski war sicher, daß das die Schuld des Alten war. Nie konnte er vergessen, wie er angeschissen und stinkend über die Felder nach Hause geschlichen war. An diesem Abend schaffte er es zu keiner Unterhaltung mehr. Er hockte die ganze Nacht im Scheißhaus und sann mit verzerrtem Gesicht auf Rache.

Außer den vom Star getrübten Augen schleppte der Alte einen mächtigen Buckel mit sich herum. Die Jahre hatten ihn krumm gemacht, so daß seine Stirn beinahe den Boden berührte. Daher mußte er den Blick immer nach oben richten, und wer ihn ansah, der bekam einen Blick von unten her zugeworfen. Das vergrößerte die Distanz zwischen ihm und den anderen noch mehr. Seine scheinbare Schwäche rief bei vielen den Wunsch hervor, ihre eigenen Kräfte an ihm zu messen; und längst wäre er wegen seiner Gebrechen zermalmt worden, hätte er es nicht so geschickt vermocht, das Blitzen seiner Augen einzusetzen, und außerdem verstand er sich auf Krankheiten.

Mit seiner Heilkraft war das freilich so eine Sache. Er heilte nicht viele, doch hieß es von ihm, er habe schon viele geheilt. Angeblich besaß er magische Rezepte, die jede Krankheit besiegen konnten. Die notierte er sorgfältig in einem Heft, aus dem er sie dann ablas, wobei er mit der Nase die beschriebenen Seiten berührte. Darunter gab es Rezepte, für die er die Haut eines Grasfrosches brauchte, das Sperma eines Hahnes, ausgeschüttelt bei Vollmond, die Innereien eines winzigen Wurmes, der nur im After eines Regenwurms haust, und sogar den Staub von den Flügeln einer Biene, die nach dem Stich ins Herz eines verrückten Säuglings gestorben war. Angeblich besaß der Alte alle diese Zutaten und verstand es, sie anzuwenden.

Keiner wußte davon, aber der Alte verfaßte auch seine eigene Schrift. In dieser stand geschrieben, daß der Mensch am Anfang Gott geschaffen hatte. Und Gott war, nach dem Vorbild des Menschen, unvollkommen. Und alles, was Er mit seinem Atem belebte, trug den Keim des Endes in sich. Denn der Mensch lebte kürzer, als der

Wind weht. Und alles hatte in Ihm seinen Anfang. So wie Er verfaulte das Getreide im Regen, und das Brot wurde von den Mägen verdaut. Die Erde aber verdaute die Mägen. Der Wurm wieder machte die Erde zu Staub. Jedes Lächeln verzog den Mund zu einer Vorankündigung des Weinens. Jedes Weinen gebar Trauer und das Böse, das durch den Tod zerstört wurde. Der Tod aber hatte nichts außer sich selber. So verwandelte er das Leben zu Staub. Was blühte, wurde zu Staub. Was tönte, wurde zu Schweigen. Und obwohl der Staub aus den Gebeinen einen Hügel anhäuft, ist es das Wasser, welches das Ende von allem bedeutet. Denn die Welt wird von einer Flut von Tränen überschwemmt.

Sowas schrieb der Alte. Ein wenig wie ein Gedicht und ein wenig wie die Einsamkeit. Er fühlte sich wohl dabei, denn obwohl er die angeborene Fähigkeit besaß, Einfluß auf das Leben anderer zu nehmen, konnte er nur in völliger Einsamkeit darüber verfügen, indem er es auf Papptafeln niederschrieb. In seiner Schrift tötete er und erweckte zum Leben. In stummer Grausamkeit beugte er sich über die Welt, wie er sie aufzuzeichnen vermochte. Und erst in diesem Moment begannen alle vor ihrem Demiurgen zu zittern.

Józef Myśliwski führte im Sägewerk das Regiment. Marcin Panek fuhr durchs Land, doch die Wirtschaft hielt Tosiek zusammen. Er war es, den die Bauern fürchteten, die für Józef arbeiteten. Vielleicht fürchteten sie ihn, weil sie ihn nicht erst seit heute kannten und wußten, daß man ihn fürchten mußte.

Bevor in Tosiek das Talent eines Verwalters erwacht war, hatte er sich ständig betrunken auf den Feldern herumgetrieben. Er trank cin, cin, wie die Leute sagten. Er stank nach Erbrochenem und Pisse. Er hatte Schwierigkeiten, den Hosenschlitz rechtzeitig aufzubekommen, und oft rann es ihm in die Hosenbeine. Er lag da, bis oben hin voll mit billigem Obstwein, und stammelte Worte, die möglicherweise wichtige Gedanken enthielten, wenn es gelungen wäre, sie aus dem Alkohol herauszudestillieren. Das Problem war, daß nur ein vom Alkohol benebeltes Gehirn solche Gedanken hervorbringen konnte, und wenn er nüchtern war, verstand sein nüchterner Sinn den betrunkenen nicht im geringsten. Auf diese Weise war es unmöglich, je einen großen Gedanken zu erkennen.

Als ihm sein Gestammel in der Kehle erstarb und kein Wort mehr seinen Kehlkopf in Bewegung versetzte, wurde Tosiek von dichtem Nebel umfangen. Dieser Nebel bestand nur für einen Moment. Er löste sich sofort wieder auf und mit ihm die ganze Welt. Dann spürte Tosiek nichts mehr.

Als erstes hatte er seine Frau versoffen. Sie verließ ihn und machte sich mit seinem Kind so weit davon, daß er sie rasch vergaß. Er vergaß auch bald, ob er einen Sohn oder eine Tochter gezeugt hatte. Vielleicht hatte er es nicht einmal zustande gebracht, das herauszufinden. Dann versoff er seine Arbeit. Myśliwski vertraute ihm, weil Tosiek von Anfang an bei ihm gearbeitet hatte, aber als er sich wieder einmal nach der Auszahlung eine Woche lang nicht im Sägewerk blicken ließ, warf er ihn hinaus. Obendrein war Tosiek, als er wieder auftauchte, so betrunken, daß er sich, statt ein Brett durchzuschneiden, einen Finger abschnitt. Er sah seinen Finger und dachte an gar nichts. Eine solche Gedankenlosigkeit ist selten. Das Blut kam erst nach einer Weile. Es tat nicht einmal weh. Er wurde nur ein wenig schwindlig. Dann kehrte der Gedanke zurück, aber er konnte ihn nicht fassen.

Tosiek erinnerte sich nicht, wie er in Myśliwskis Küche gekommen war. Zum Glück war der Chef nicht da. Dafür Maria. Sie wurde ein wenig blaß, als sie seine Hand sah. Doch sie riß sich gleich wieder zusammen. Als Tosiek später in seinem Zimmer saß und den blutgetränkten Verband anstarrte, begriff er zwar nicht viel von dem Ganzen, aber er wußte, daß er die Arbeit im Sägewerk verloren hatte. Wie im Nebel erinnerte er sich, daß er noch mit dem verbundenen Finger hatte Holz schneiden wollen, doch Myśliwski hatte ihn dabei ertappt und wegen der Trunkenheit beschimpft. Da begriff Tosiek, daß er die Arbeit los war.

Ohne seine Arbeit hatte er einen guten Grund, um sich zu betrinken. Geld genug war da, weil ihm neben dem, was er schwarz beim Chef verdiente, noch eine Rente zustand. Und weil seine Frau keine Alimente von ihm forderte, blieb ihm noch mehr Geld, um sich zu betrinken. Im engen Zimmer des Wohnblocks in der Siedlung schauten ihm schamlose Weiber von den Plakaten dabei zu, wie er eine Flasche billigen Obstwein nach der anderen leerte. Er trank, um zu vergessen, daß er traurig war, und wenn er betrunken war, wurde er noch trauriger. Daher trank er, soviel er konnte.

Eines Tages taumelte er von einer Straßenseite zur anderen, als irgend etwas sein Herz zusammenpreßte. Eine Hand spielte mit seinem Herzen wie mit einem

Schwamm. Diesmal tat ihm das weh. Nur kurz, aber es genügte, daß er einen Schrecken bekam. Er sah sich plötzlich selber ganz deutlich und spürte, wie gräßlich er stank. Er sah, wie sein Körper blitzartig verfaulte, von den Augen blieben nur Höhlen. Seltsam geformte Würmer zerfraßen sein Gesicht. In diesem Moment veränderte sich alles. Er sah ein Licht, das zum Gesicht der Blauen Madonna wurde, die seit ewigen Zeiten an der Kreuzung zur Siedlung gestanden hatte. Und er glaubte, im Himmel zu sein.

Als er erwachte, sah er statt dem Himmel einen Plafond über sich. Es war der Plafond des städtischen Spitals. Man sagte ihm, er habe seinen zweiten Herzinfarkt erlitten. Er gab nicht zu, daß er sich an den ersten nicht erinnern konnte. Der Arzt machte ihm die Sache deutlich: Noch eine Flasche, und es zerreißt die Pumpe in kleine Fetzen. Tosiek wollte das nicht glauben. Er hatte der Medizin noch nie vertraut. Für gewöhnlich hätte er das Urteil des Arztes ignoriert, aber diesmal hatte ihm das, was er während des Anfalls gesehen hatte, doch beträchtliche Angst eingejagt.

Er ging zum Alten. Dem glaubte er zwar auch nicht, aber er griff nach dem kleinsten Strohhalm. Der Alte zwinkerte mit seinen blinden Augen. Er sah aus wie eine ausgeleierte Kröte. Er klopfte Tosiek Brust und Rücken ab. Tosiek überlegte, warum ihm der Alte ausgerechnet auf den Rücken klopfte, wo es doch ums Herz ging. Er konnte sich an ein Bild erinnern, auf dem Christus mitten in der Brust ein leuchtendes Herz trug. Tosiek hegte den Verdacht, daß ihn der Alte beschwindelte. Es tat ihm leid um das Paket teuren Tabaks, das er ihm für seinen

Rat geben mußte. Der Rat des Alten war kurz und bündig. Wenn er leben wollte, durfte er nichts mehr trinken.

Tosiek ging die ganze Geschichte reichlich auf die Nerven. Der Rat ließ sein Blut aufwallen, das immer noch vom Alkohol gesättigt war. Er streckte schon die Hände aus, um den Alten am Hals zu packen, doch der starre Blick der trüben Augen hielt ihn ab. Tosiek spürte, wie es sich in seinem Kopf zu drehen begann und er ohnmächtig wurde. Er glaubte, er sei eingenickt, doch er erwachte sofort wieder. Er war über und über mit Schweiß bedeckt. Er beschloß, dem Alten ein andermal das Genick umzudrehen. Zum Beispiel, wenn der einmal in die andere Richtung schaute. Er ließ ihm den Tabak zurück und ging nach Hause. Unterwegs schwitzte er noch mehr, und ihm fiel auf, daß er schon lange nicht mehr nüchtern nach Hause gegangen war.

Hier begrüßten ihn von den Wänden die mitleidigen Blicke der nackten Weiber. Er hatte kein Geld, um zu trinken, und außerdem erinnerte er sich an sein Abenteuer. Er beschloß zu versuchen, ob er durchhalten konnte. Nach einiger Zeit hatte er alle seine Nägel abgebissen. Sogar die Zehennägel. Er war verblüfft, daß er so gelenkig war. An weiterer Gymnastik hinderten ihn die Schmerzen, von denen er nicht gewußt hatte, daß es solche überhaupt gab. Obwohl er sich bewegen wollte, schaffte er es nicht mehr. Er machte sich in die Hose und erbrach. Der ganze Dreck, alle in Bewußtlosigkeit verbrachten Monate quollen aus ihm heraus. Was ihm immer nur als Traum erschienen war, das schüttelte jetzt drohend die Faust unter seiner Nase. Endlich lösten sich nach zweitausend Jahren die Trugbilder im Nebel auf, und er planschte darin herum. Er verschluckte sich ein wenig, aber er ging nicht unter.

Als er vor dem Spiegel stand, blickte ihm eine Fratze entgegen. Er wollte sich rasieren, aber er zitterte zu sehr. Er traf nicht einmal mit dem Finger ins Nasenloch. Er beschloß, die Suche nach seinem Gesicht auf später zu verschieben. Wichtig war nur, daß er es am Ende fand. Er wischte sich den ganzen Dreck aus dem Gesicht, der sich bis zu diesem Moment angesammelt hatte und zu einer Kruste erstarrt war. Myśliwski erkannte sein neues Gesicht und gab ihm eine letzte Chance.

Beim Anblick der Frau seines Chefs erbleichte Tosiek. Seit er vergessen hatte, daß er einmal eine Frau gehabt hatte, hatte er keinen Gedanken mehr an Frauen verschwendet. Die zarte Gestalt Maria Myśliwskas rief ihm etwas in Erinnerung. Sie erschien ihm in seinen Träumen. Sie tauchte aus einem blauen Nebel. Nackt und lächelnd. Tosiek glaubte, daß sie in seinem Kopf glücklich war. Er jedenfalls war es. Oft grub er sich nach so einer Nacht aus der Decke, die mit Samen befleckt war. Er riß alle Weiber von den Wänden. Sie paßten nicht zu der Vision, in der ihm die Myśliwska erschien.

Er hatte eine Idee. Er fuhr in die Stadt und kaufte einen Fotoapparat. Zuerst machte er ein Bild von der Blauen Madonna, das er mit Reißnägeln an der frisch gemalten Wand befestigte. Dann versuchte er vorsichtig, so daß ihn keiner dabei ertappte, die Myśliwska zu fotografieren, was ihm auch gelang. Er hängte ihr Bild neben das Porträt der Blauen Madonna.

Eines Tages nahm er all seinen Mut zusammen und sprach die Myśliwska an, die einen Kübel mit Abfällen zum Stall trug. Sie war wohl leicht beschwipst und hatte geschwollene Augen. Das linke war stärker geschwollen.

»Frau Maria, Sie sehen der Blauen Madonna, die in der Kapelle steht, sehr ähnlich, wirklich sehr ähnlich,« stammelte Tosiek.

»Was ist los?« Maria Myśliwska griff sich nervös an die Schwellung unter dem linken Auge.

»Es ist nämlich so, daß ...«, Tosiek brach ab, er wußte schon, daß er nichts mehr sagen konnte. Seltsam, aber ausgerechnet in diesem Moment erinnerte er sich, wie einmal im Autobus so ein Grünschnabel seinem Mädchen lachend ins Ohr gesagt hatte: »Weißt du was? Ich hab mich zum Ficken in dich verliebt, Hurerei.« »Ehrlich, du Schwanz?« hatte sie ungläubig erwidert. Tosiek spürte, daß er zu Maria nie so etwas sagen könnte.

»Also, ich muß jetzt ins Sägewerk ...«, stammelte er und ging mit gesenktem Kopf zum Jeep. Zuerst wollte er eine Tour rund um den Betrieb machen, Nachschau halten, ob alles in Ordnung war.

Maria Myśliwska wischte sich über die Stirn und griff wieder nach dem Eimer.

Im Stall blickten Maria die tränenden Augen der Rinder an. Sie sah so aus, als sei ihr etwas ins Kreuz gefahren. Die Rinder sahen höchstens einen undeutlichen Fleck. Maria verspürte Schmerzen. Früher einmal hatte sie wohl ähnliche Schmerzen gehabt. Als sie Krzysztof zur Welt gebracht hatte. In derselben Scheiße, unter denselben

Mäulern. Ohne Menschen. Nur unter Rindviechern. Die Welt verschwamm ihr vor den Augen und begann sich zu drehen, dann verschwand sie, als solle sich alles wiederholen, was früher einmal gewesen war, und seinen Platz mit dem vertauschen, was erst kommen sollte. Etwas floß Maria über die Beine. Sie griff danach. Blut. Sie hatte nicht mehr Kraft genug, um sich zur Wehr zu setzen, sie wollte nicht mehr. Das Bewußtsein, daß sie sich nicht mehr anstrengen mußte, beruhigte sie. Von nun an hing nichts mehr von ihr ab.

»Wir fahren in kein Spital. Sie macht höchstens die Polsterung dreckig«, sagte Myśliwski zu Tosiek, als sie Maria fanden. »Wozu gibt es ein Telefon, Hurerei verdammte?«

Er rief einen Arzt. Der kam nach einer Stunde. Er untersuchte sie. Es stellte sich heraus, daß Maria im dritten Monat schwanger war und eine Fehlgeburt erlitten hatte. Józef preßte die Fäuste zusammen. Wie konnte sie nur, Hurerei! Sie hatten gar nicht gewußt, daß sie schwanger war! Dabei hätte das der zweite Sohn werden können. Wenn Józefs Haß eine Faust gewesen wäre, hätte Maria diese mitten ins Gesicht bekommen.

Diesmal blieb ihr sein Haß erspart. Aber nur, weil sie ihn nicht spürte. Denn Maria träumte, sehr lang und in rascher Abfolge, immer wieder denselben Traum. Er tauchte auf und löste sich auf, um sofort wieder zu erscheinen:

Sie blickte auf den Wasserspiegel eines Sees, über dem Nebel aufstieg. In diesem Nebel fühlte sich Maria sicher.

Das erlaubte ihr, sich auf das Spiegelbild ihres Gesichtes im Wasser zu konzentrieren. Sie sah glatte Haut und ein von den Wellen verzerrtes Lächeln. Sie verspürte großes Verlangen, den eigenen Mund zu küssen. Doch daran hinderte sie eine drängende Unruhe, die ihr riet, sich umzudrehen und hinter sich zu schauen. Da erschien eine Hand aus dem Nebel. Die packte sie am Hals. Sie drückte ihren Kehlkopf zusammen. Jetzt verspürte Maria große Angst. Sie sah, wie ihr Gesicht nach Luft rang. In rasendem Tempo ließ das Alter sie verfallen, das die Haut austrocknete und die Augäpfel mit einer trüben Schicht überzog. Langsam wich die Angst von ihr. Sie löste sich auf wie der Nebel, durch den hindurch der glatte Spiegel des Sees blinkte. Maria sah darin das Spiegelbild ihres Gesichtes. Sie sah glatte Haut und ein von den Wellen verzerrtes Lächeln. Sie verspürte großes Verlangen, den eigenen Mund zu küssen. Doch daran hinderte sie eine drängende Unruhe, die ihr riet, sich umzudrehen und hinter sich zu schauen …

Es gibt immer jemanden, der mehr Angst hat als die anderen. Hier war das Staszek. Er hatte nicht vor dem Angst, was war, sondern vor dem, was er sah. Und er sah mehr als die anderen. Denn er konnte sogar Tote zum Leben erwecken.

Wenn er bei der Messe ministrierte, konnte es geschehen, daß die Worte des Priesters plötzlich in Stille versanken, und in dieser Stille starrte Staszek stumm auf das Bild des schreitenden Christus, der in seinen Händen ein rundes, rotes Herz hielt, das rhythmisch pulsierte. Staszek hörte das Herz so laut schlagen, daß er seinen Speichel nicht hinunterschlucken konnte, und er verspürte ein leises Kribbeln im Magen, bis er nicht mehr wußte, ob es sein Herz war, das so schlug, oder das Herz Christi …

Ein andermal kam er an der Kapelle der Blauen Madonna vorbei. Er mußte stehen bleiben. Etwas zwang ihn, in die toten Augen der heiligen Figur zu schauen. Da zuckten die steinernen Lippen, und aus den starren Augäpfeln tauchten, wie aus dem Schlaf, die Scheiben lebendiger Pupillen. Die Blaue Madonna fragte Staszek: »Wer bist du?« Er aber wußte nicht, was er antworten sollte, weil das Knirschen des steinernen Mundes seine Gedanken übertönte. Wer bist du? Als er mit dieser Frage im Kopf wieder zu sich kam, war die Blaue Madonna erneut zur reglosen Figur erstarrt. Als wäre nichts gewesen, doch Staszek wußte genau, daß sich die Frage der Madonna für immer in sein Gehirn gegraben hatte.

Oft verlor er während dieser Visionen das Bewußtsein. Vor allem, wenn das, was er sah, zu lange währte und Staszek befürchtete, er könne darin für Jahrhunderte erstarren, wie ein Insekt im Harz. Er wurde von Zuckungen gepackt und stürzte zu Boden. Sein Leib fiel wie ein Klotz um, wo er gerade stand. Wenn die Zuckungen einsetzten, versuchte er sich in Sicherheit zu bringen, um nicht mitten auf der Straße zu liegen. Doch er schaffte es nur in wenigen Fällen zu entkommen. Die Angst war schneller als jede Bewegung. Sie schleuderte ihn wortlos und ohne ihn zu berühren in die Finsternis.

Nach ein paar Minuten erwachte er. Schmutzig von dem, wohin er gestürzt war. Das Erwachen war nicht angenehm. Er hatte den Eindruck, sich in einer anderen

Welt zu befinden. In einer bösen, weil unbekannten Welt. Einer kantigen Welt, bestehend aus nicht zusammenpassenden Elementen. Es dauerte eine Weile, bis er sich seinen Sturz und die kurze Abwesenheit ins Bewußtsein rief. Er konnte sich nur an Fetzen von dem erinnern, was er gesehen hatte, vor seinem Sturz ins Nichts.

Einmal machte er sich auf in die Stadt. Er wußte nicht recht warum, doch später bedauerte er es. Es geschah in irgendeiner Straße. Er sah zu viele Autos und Menschen, und die Autos lebten, die Menschen hingegen waren tot. Als hätte sich die Materie stellenweise in Geist verwandelt. Als er wieder erwachte, hatte er keinen Rock mehr, und jemand hatte ihm die Schuhe gestohlen. Auch die Geldbörse war verschwunden.

Deshalb wollte er sich möglichst wenig Emotionen gestatten. Er wollte nicht in einen Zustand der Betäubung fallen. Davor hatte er Angst, er wollte aber keine Angst mehr haben. Auch große Freude konnte er keine empfinden. Er sehnte sich nach Ruhe, aber nicht entschlossen genug. Langsam, ganz langsam erlangte er einen Zustand der Ruhe, einen Zustand der Geschlechtslosigkeit. Ohne Schattierungen. So war es am besten.

Die einzige Person, mit der er sich manchmal unterhielt, war Alek. Er sprach mit ihm, weil sie zusammen arbeiteten, und es ist beinahe unmöglich, mit jemandem zu arbeiten, ohne mit ihm zu sprechen. Nach seiner Rückkehr aus Amerika war Alek für Staszek eine wichtige Person. Er war frei und machte, was er wollte. Mit der Zeit entdeckte Staszek jedoch, daß die Träume, die er Alek verdankte, laut und leer waren. Sie weckten bei ihm Vorstellungen und Emotionen, die er so sehr fürchtete.

Daher versuchte er Alek aus dem Weg zu gehen. Dem fiel das nicht weiter auf, weil Staszek einfach Staszek war – ein Bursche, den man um Zigaretten schicken konnte, ohne daß er sich je dagegen aufgelehnt hätte. Sonst schien er gar nicht da zu sein.

Staszek wußte nicht mehr, wann er begonnen hatte, den Alten aufzusuchen. Anfangs ging er hin, um sich von ihm einen Rat für seine Angst zu holen, doch der Alte schwieg. Und das genügte Staszek. Beim Alten fühlte er sich wohl. Er erzählte ihm von seinen Visionen, und der Alte hörte schweigend zu. Er war gar nicht so schrecklich. Die Visionen vergingen, und das Zittern ließ nach. Staszek brachte dem Alten etwas Tabak und Essen mit. Und der Alte lehrte ihn, mit Krankheiten umzugehen, und eines Tages zeigte er ihm seine Schrift. Aus dieser Schrift las Staszek, daß der Mann ein egoistischer Rüde einer erbarmungslosen Gattung ist, die Frau hingegen ist die größte Verbrecherin, weil sie dem Leben, das ein grausames Urteil darstellt, den Anfang schenkt.

Kolchosensiedlung und nicht nur

An diesem Ort war es wirklich häßlich. Das einzige, was die Umgebung etwas aufhellte, war die Betonpfütze des unvermeidlichen Spielplatzes zwischen den grauen Wohnblocks. Aus ihr ragte eine verbogene Klopfstange. Das war alles. Das war die Kolchosensiedlung. Hier brachten die Armut Schmutz und die Arbeitslosigkeit Langeweile hervor. Jeder kannte jeden, und sie hatten einander nicht viel zu sagen. Die einzige Attraktion war der Lebensmittelladen, in dem es mehr billigen Obstwein als Brot gab, und dann die »Zagroda« von Frau Mariola.

In der Kolchosensiedlung wurden gewisse Proportionen eingehalten. Ein Teil Männer, ein Teil Frauen. In der Umgebung hausten vor allem alte Junggesellen, weil es in dieser Welt hier weniger Frauen gibt, aber in der Siedlung gab es etwa gleichviel wie Männer, vermutlich weil hier vor allem Familien wohnten. Kinderreiche und laute Familien. Die Kinder liefen dreckig und verwahrlost herum, voll Bewegungsdrang und Neugierde. Wenn jemand kam, der nicht von hier war, erstarrten sie in der Bewegung. So jemand war interessant, allein weil er nicht von hier war.

In der Siedlung waren die Männer ständig leicht angetrunken. Ein Schluck billigen Obstweins, ein Gläschen Selbstgebrannter oder einer anderen Kreation – nur um nicht daran denken zu müssen, daß es einem schlechtging. In letzter Zeit hatten die Leute angefangen, sich über Politik zu unterhalten. Im Fernsehen tauchte eine Gestalt auf, die ihre Phantasie anregte. Sie hieß Andrzej Pasieka. Er stammte irgendwo aus der Gegend, angeblich aus Kulszewki, aber keiner wußte, ob aus Klein- oder Groß-Kulszewki. Angeblich wollte er erreichen, daß es den Bauern besserging, und er konnte gut reden, nämlich verständlich.

So geschah es eines Tages, daß Pasieka in die Siedlung kam. Den Leuten blieb vor Staunen der Mund offen, denn er kam mit einem Auto, das größer und sicher teurer war als das teuerste Auto. Pasiekas Auto mußte wirklich teuer sein, weil keiner recht zu wissen schien, um welche Marke es sich handelte, und keiner je zuvor so einen Wagen gesehen hatte, nicht einmal im Fernsehen. Pasieka entstieg diesem Auto nicht etwa im Anzug, wie sich das für einen Politiker gehörte, sondern er trug einen vertrauten Dreß aus Ballonseide. Als die Leute sahen, daß Pasieka genauso angezogen war wie sie, wurde ihnen sofort leichter.

Alle versammelten sich auf dem Spielplatz um ihn, und er sagte, daß sich die Wahlen näherten, und bekanntlich sei er es, der sich um ihre Angelegenheiten kümmere, weil er selber ein Kind einer Kolchosensiedlung sei! Aus diesem Grund müßten sie ihm vertrauen, doch könne er außer ihren Stimmen auch noch ein paar Groschen gebrauchen, um bei den Wahlen dieselben Chancen zu haben wie die Diebe von der Regierung, die sich jetzt an den Futtertrögen mästeten, aber das werde nicht mehr lange so gehen, denn wenn er, Pasieka, an die Regierung komme, dann werde er alle diese Schmarotzer, Faulenzer und Trottel davonjagen. Damit das gelingt, meine lieben Leute, müßt ihr ein wenig Geld herausrücken, damit ich diesen Dieben ordentlich den Marsch blasen kann.

Pasieka sprach überzeugend. Er war nicht groß und hob sich von den anderen nicht ab, aber er hatte eine ordentliche Frisur und war insgesamt eine gepflegte Erscheinung, und in seinem Blick hatte er so etwas Gebieterisches … Und er sprach so klug, daß jeder verstehen konnte, was er meinte, und seine Worte hieben einem wie ein Axtrücken über den Kopf, so treffend waren sie … Alle verstanden, daß er dieses Geld wirklich brauchte, daß ohne dieses Geld auch sie selber später einmal kein Geld haben würden, wenn Pasieka an die Macht käme. Aber die Leute hatten nicht viel, von dem sie etwas hätten hergeben können. Einige von ihnen bezogen nicht einmal mehr das Notstandsgeld, wovon sollten sie denn dann leben?

Die einen taten so, als kramten sie in ihren Hosentaschen, aber soviel sie auch kramten und kramten, sie kramten nichts hervor. Die anderen schauten in den Himmel, als würde es gleich zu regnen beginnen, aber boshafterweise schien strahlend die Sonne, und über der Siedlung war nicht einmal die winzigste Wolke zu sehen. Die Frauen waren ohnehin schon in die Wohnungen zurückgekehrt, weil sie das Essen zubereiten mußten. Irgendwie wurde die Situation peinlich, doch in diesem Augenblick flüsterte einer der beiden vierschrötigen Kerle, die mit Pasieka gekommen waren, diesem etwas ins Ohr. Pasieka hörte sich an, was der Kerl zu sagen hatte, und fragte die Leute, wie man zu Myśliwski gelange. Als sie ihm das erklärt hatten, zeigte er ihnen zum Abschied die Faust und rief: »Bauern, so geht das nicht! Wenn wir einander so helfen, dann werden wir es nie zu was bringen, und die Hyänen von der Regierung werden uns alles wegnehmen!«

Die Leute genierten sich, weil sie wußten, daß Pasieka recht hatte, wofür sie ihn wirklich ganz, ganz aufrichtig liebten.

Myśliwski betrachtete den schwitzenden Pasieka und seine beiden vierschrötigen Begleiter mit sichtlicher Abneigung. Pasieka hatte eben die Ansprache beendet, und

Myśliwski wußte bereits, wer ihm da einen Besuch abstattete. Er hatte nicht die geringste Absicht, ihn und sein Gefolge ins Haus zu bitten. Das verdroß Pasieka. Er war daran gewöhnt, daß die Menschen ihn verehrten. Myśliwskis Haltung überraschte ihn, und obendrein hielt der noch die ganze Zeit über eine Schrotflinte in Händen. Er hatte soeben im Stall eine Ratte erschossen.

Myśliwski legte keine Giftköder aus, weil sie den Tieren schaden konnten. Darüber hinaus liebte er es, auf Ratten zu schießen. Wenn er den Abzug betätigte, erstarrte das Opfer für einen Moment auf dem Balken unter dem Sturzboden. Unvermutet drang ein anderer Ton als das Scharren der eigenen Pfoten in das Gehirn. Die Ratte versteinerte. Das war eine kurze Pause im Takt hastiger Sechzehntelnoten. Die Schnurrbarthaare zitterten nervös, wie im Vorgefühl, daß die ganze Welt im nächsten Moment in Flammen aufgehen würde, sehr rasch und wirksam.

Allerdings muß um der Wahrheit willen gesagt werden, daß Myśliwski die Ratten nur selten traf. Eigentlich hatte er außer diesem einen Mal überhaupt noch nie getroffen. Wie hätte er das auch anstellen sollen, da er immer in betrunkenem Zustand schoß? Und warum in betrunkenem Zustand? Weil man nur betrunken auf die Idee kommen kann, auf Ratten zu schießen. Auch jetzt war er leicht angeheitert. Vielleicht war er deshalb erfolgreich gewesen.

»So ein großer Politiker braucht Geld?« fragte Myśliwski mit schiefem Lächeln.

»Vielleicht sollten wir uns darüber besser drinnen unterhalten«, versuchte sich Pasieka selber einzuladen.

»Vielleicht doch nicht«, Myśliwski lehnte sich mit den Schultern gegen den Türrahmen.

Pasieka verschlug es die Sprache. Er wurde purpurrot, und auf seiner Stirn bildeten sich Schweißtropfen. Noch nie zuvor hatte er eine solche Abfuhr erlebt. Für ein paar Minuten wußte er nicht, was er sagen sollte.

»Das Geld ist für den Wahlfonds. Ich mache das schließlich für euch Bauern! Und du willst mir hier …«

In diesem Moment fiel ihm Myśliwski ins Wort, was Pasieka noch mehr aufbrachte.

»Wenn du Geld von mir willst, dann kremple die Ärmel hoch und ab ins Sägewerk. Wenn du dich ein bißchen abschuftest, dann verdienst du was«, lachte Myśliwski höhnisch.

Die beiden vierschrötigen Kerle zappelten unruhig hin und her wie Hunde an der Leine. Pasieka hielt sie mit einer beruhigenden Handbewegung zurück.

»Myśliwski, du weißt offenbar nicht, mit wem du dich da anlegst!« rief er.

»Pasieka, droh nicht, sonst scheißt du noch in die Hosen!«

Jetzt wurde Pasieka zur Abwechslung blaß. Ein Bächlein Schweiß rann ihm von der Stirn über den Hals und durchnäßte sein Unterhemd. Die vierschrötigen Kerle traten von einem Bein aufs andere. Myśliwski hob den Lauf der Flinte scheinbar unbeabsichtigt und schwenkte ihn in ihre Richtung.

»Pasieka, bevor du sagst, was du sagen willst, sollst du wissen, daß ich keiner von denen bin, die sich herumkommandieren lassen«, sagte Myśliwski ruhig. »Drum laß die Luft ab und such dir lieber andere.«

Andrzej Pasieka prägte sich die Beleidigung ein, antwortete jedoch nichts mehr. Vorläufig biß er die Zähne zusammen und hielt die vierschrötigen Kerle zurück. Vorläufig drehte er sich um und stieg in seine Limousine. Vorläufig fuhr er ab. Vorläufig …

Józef glaubte zu wissen, daß Pasieka nur vorläufig wegfuhr. Er glaubte zu wissen, daß er zurückkehren würde. Doch vorläufig hatte er keine Angst. Vorläufig hatte er vor nichts Angst.

Wenn die Sonne schien, blinkte hinter der Kolchosensiedlung der Fluß, der wie eine Ader ins Herz in den See strömte und vom See weiter ins Meer. Im Spätherbst wurde der Fluß ganz dunkel von den aufgeschwollenen Leibern der Lachsforellen. Träge vom Rogen, zappelten die Fische stumm auf den zugespitzten Haken aus Draht, die ihnen die Bauern aus der Siedlung in den Leib bohrten. Man brauchte nur anzureißen, und schon flog der Fisch in die Luft. Dann riß man ihm den Haken heraus und lauerte auf den nächsten. Der Fisch verreckte langsam und still im Gras, während die große Wunde wie der Krater eines aufgekratzten Geschwürs in seinem Leib prangte.

Obwohl es meist Kinder waren, die Jagd auf die Fische machten, waren auch Bauern darunter, vor allem wenn sie Geld zum Trinken brauchten. Eine Lachsforelle brachte eine schöne Summe. Man brauchte sie nur zu Sękowiak zu tragen, die Fremden nahmen einem die Fische mit Handkuß ab. Im See hatte Sękowiak mit Strom alle Fische getötet, dort gab es nur mehr mickrige Plötzen und vielleicht ein paar Barsche … Eine Lachsforelle aber war ein Prachtkerl! Eine Flasche schaute dabei allemal heraus. Natürlich waren nicht alle darauf aus, die meisten fischten für ein Mittagessen, aber dieser und jener und noch ein paar, die schließlich doch wieder die Mehrheit ausmachten, fischten, um sich betrinken zu können.

Was hatte man denn sonst vom Leben? In einer solchen Siedlung verreckte man ja schier vor Langeweile. Die Leute hatten den Eindruck, man habe ihnen etwas weggenommen und sie allein ihrem Schicksal überlassen. Nie hatte man ihnen beigebracht, mit sich selber etwas anzufangen. Immer hatte ihnen jemand gesagt, was sie tun sollten. Jetzt sagte ihnen keiner mehr etwas. Sie mußten es sich selber sagen. Es waren ihnen nur die Erinnerungen geblieben, und die waren viel interessanter als alles, was jetzt ablief. Denn jetzt lebten sie in Armut. Und die Armut ist unendlich langweilig. Und sie stinkt. Wie ein verfaulter Fisch. Mit Armut kann man sich nicht anfressen. Womit soll man sich denn anfressen, wenn man arm ist? Aber man kann sich damit ansaufen. Nur daß man viel saufen muß. Bis die Welt aufhört, nach Fisch zu stinken.

Haus und nicht nur

Das einzige, was Myśliwski noch mehr liebte als das Sägewerk, war sein Haus. Sein Haus erfüllte ihn mit Stolz, weil es groß war und sogar modern, obwohl der Bau jahrelang gedauert hatte. Es war zweistöckig und unterkellert. Abgesehen vom Kellerzugang war alles in diesem Haus fertig, ausgemalt und angenagelt.

Nicht jeder hat sein eigenes Haus. Eigentlich hat kaum jemand sein eigenes Haus. Und daher hatte Myśliwski viele Neider. Er wußte das, und es bereitete ihm sogar Genugtuung. »Wenn sie dafür arbeiten, dann werden sie auch eines haben!«, sagte er manchmal zu Maria, und sie pflichtete ihm schweigend bei, was hätte sie auch sonst tun sollen? Sie pflichtete ihm bei, weil er ihr ohnehin nie recht gab. Ein Gespräch zwischen ihnen begann und endete mit dem, was er sagte. Für gewöhnlich dauerte es nicht länger als den Satz, den er sagte, und den Satz, den sie nicht sagte.

Myśliwski stellte sich oft vor, daß er das Haus für eine große Familie baute. Doch diese Träume wurden von der Wirklichkeit zerstört. Maria konnte keine Kinder mehr bekommen. Recht besehen sollte er sich eine neue Frau suchen, aber alle anderen waren Huren, und eine Hure konnte er schließlich nicht zur Mutter seiner Kinder machen, jedenfalls nicht in seinem eigenen Haus.

In seinem Haus fühlte er sich wohl. Vor allem nachts, wenn Maria und Krzysztof schon schliefen und er ruhig herumgehen und schauen konnte, was draußen vor den Fenstern war. Im ersten und im zweiten Fenster sah er die Wand des Waldes, dessen tiefes Schwarz sich gegen das verwaschene Schwarz des Himmels abhob. Im dritten, einem großen Panoramafenster, sah er sein Sägewerk. Er beobachtete die in den Winkeln kauernden Schatten, die das gelbe Licht der Lampen zu fressen versuchten, welche den Platz, die Maschinen und die Holzstöße beleuchteten. Hinter den schwarz ausgemalten

Flecken blitzten Lichtstrahlen, doch das brachte keine Belebung ins Bild, weil alles in Erwartung eines tiefen Atemzugs erstarrt schien, der die Welt verändern würde. Myśliwski gab sich ganz dieser Erwartung hin, er war bereit für ein großes Ereignis. Doch es gab nur kleinere Vorfälle, die ihn aus der Erstarrung rissen. Auf dem Platz schlichen zwischen den Holzstößen leise die beiden Hunde herum, die Józef nachts hinausließ, damit sie das Sägewerk bewachten.

Im Haus gab es eine große Halle, in der ein Feuer im Kamin brannte. Myśliwski liebte es, abends davor zu sitzen, mit einem guten Cognac in der Hand und allein. Die Flammen tanzten in seinen Augen, und obwohl sie ihn nicht fröhlicher machten, beruhigten ihn ihre zuckenden, doch rhythmischen Sprünge. Myśliwski brauchte immer etwas, was ihn beruhigen konnte. Ihn beruhigten der Alkohol und die Frauen, früher tat das auch noch die Arbeit, doch seitdem er Sorgen hatte, begann sie ihn zu ermüden.

Immer öfter quälte ihn die Ungewißheit, ob es ihm gelingen würde, den Schulden zu entkommen. Ob es gelingen würde, das Haus und das Sägewerk zu retten. Er dachte darüber nach, daß er seine Frau nicht liebte, obwohl ihn gerade das nicht ernsthaft beschäftigte … Ihm fehlte etwas, doch er wußte nicht recht, was. Vor allem aber befürchtete er, daß er allein bleiben, daß sein einziger Sohn eines Tages irgendwohin gehen und ihn verlassen könnte. Ihn und Maria. Aber was hatte Maria zu bedeuten?! Sie bedeutete nichts mehr.

In dem Ganzen wirkte sie ein wenig verloren. Sie begriff nicht, worum es Józef ging, wenn er sie so schrecklich anblickte, daß sie sich zu fürchten begann. Das Haus war ihr zu groß. Sie konnte es nicht richtig in Ordnung halten. Bevor sie in einem Winkel fertig wurde, hatten sich im nächsten schon wieder kuschelige Lurchnester angesammelt. Sie wollte Józef nicht um eine Putzfrau bitten, weil er in letzter Zeit über Geldsorgen klagte, und außerdem wollte sie die Konkurrenz nicht direkt vor der Nase haben. Sie kannte Józef sehr gut, daher ersuchte sie ihn nicht um eine Putzfrau. Sie würde alles selber putzen. Und die beiden Stockwerke beugten sie zu Boden.

Maria lief von oben nach unten und wußte, daß sie sich nie würde daran gewöhnen können. Warum hatte sich Józef nur entschlossen, ein zweites Stockwerk dazuzubauen? Es hätte doch so bleiben können, wie es war. Jetzt aber nannten die Leute aus der Siedlung das Haus ein Schloß. Wegen seiner Größe erschien es fast leer. Doch das war ihre Schuld. Sonst würden Kinder durchs Haus rennen, und es wäre gerade richtig. Józef sah das ganz richtig. Sie hatte versagt. Er hatte seine Pflichten erfüllt. Da war das große Haus. Alles tipptopp, wenn auch noch nicht abgezahlt. Doch glaubte man Józef, war das eine Lappalie.

So eine Lappalie war auch das Geländer beim Abgang zum Keller. Es war eine Lappalie, weil es nicht da war. Nicht weil es an Geld fehlte, sondern am Willen. Krzysztof hatte seine Angst vor dem Keller längst überwunden, doch bevor es so weit gekommen war, hatte er so manches gesehen und erlebt. Der Abgang zum Keller befand sich im Vorraum, und von dort her zog immer ein kühler Wind.

Als Krzysztof noch Krzysio gewesen war, hatte er geglaubt, im Keller verfaulten menschliche Leichen. Und die Teile, die übrigblieben, würden in den Kartoffelsäcken versteckt. Wenn er die Hand in so einen Sack steckte, weil es zum Essen Kartoffeln geben sollte, mußte er immer einen Verfaulten erwischen. Die Finger drangen weich in die sich zersetzende Kartoffelschmiere, so daß es Krzysztof vor Ekel schüttelte. Im gelben Licht der von der Decke baumelnden Glühlampe sah das an seiner Hand klebende Braun aus wie Scheiße oder wie von einem verfaulten Körper.

Der Lichtschalter war ganz unten angebracht. Das war das Schlimmste. Zuerst mußte man im Dunkeln die Stufen hinuntersteigen und dabei gut achtgeben, weil es kein Geländer gab. Und der verdammte Schalter war weit weg. Ein leises Knipsen, und erst die erlösende Explosion in den Augen verjagte die Angstbilder, die während des Weges die Phantasie davon zu überzeugen suchten, daß im nächsten Moment eine Hand nach seinem Gesicht greifen und dieses mit einem Ruck herunterreißen würde. Diese mörderische Bewegung würde einem freilich im Moment des Zupackens vielleicht gar keine Schmerzen mehr zufügen, weil die von der Hand geweckte Furcht genügte, um schon vorher das Herz zu einem leblosen Klumpen zu schneiden.

Jeder Blick der Mutter war für Krzysztof eine Herausforderung. Er wollte sich nicht mit ihrer Liebe abfinden, weil er sonst den liebenden Sohn hätte spielen müssen. Er teilte die Gefühle seiner Eltern nicht, denn er spürte, wie sie ihn von sich abhängig zu machen versuchten. Er ließ sich nicht ein auf das Spiel der Liebe mit der Mutter und des Gehorsams mit dem Vater. Das wollte er nicht!

Und doch zwangen sie ihn bei jeder Gelegenheit dazu, daß sich in seinem Gesicht das widerspiegelte, was sie darin zu sehen wünschten. Normalerweise war das an irgendeinem Feiertag, der danach verlangte, daß man sich gemeinsam zum Tisch setzte. Dann spürte er, daß es angebracht war, auf ihre Launen einzugehen und seine Miene nötigenfalls so zu verändern, um sie nicht unerwartet mit einer unfreundlichen, ungezügelten Grimasse zu überraschen, die er sich nicht erlauben durfte, weil er die Mutter damit zum Weinen bringen und den Vater wütend machen konnte.

Sie hingegen verspürten ihm gegenüber keinerlei Gewissensbisse. Ihr Sohn hatte schließlich alles, was er sich nur wünschen konnte. Sie gestatteten sich keine Schuldgefühle, während er sich zerknirscht geben mußte, weil er sich ihnen gegenüber immer schuldig fühlte. Er wußte nicht, wie es kam, aber er hatte nie die Kraft, um ihnen zu widersprechen und zu beweisen, daß sie sich irrten. Sie hatten immer recht, sogar wenn sie einmal nicht recht hatten.

Aber schließlich gaben sie ihm alles, was sein Herz begehrte! Sie waren ihm gegenüber ohne Fehl und Tadel. Völlig in Ordnung. Sogar wenn sie einander haßten, ihn liebten sie offenbar immer noch. Jeder auf seine Weise, aber sie liebten ihn. Mit Ausnahme jener Situationen, in denen es sich nicht vermeiden ließ, schlug ihn der Vater nicht, auch wenn er die Mutter schlug.

Er wollte ihre Liebe nicht. Seine Verweigerung brachte ihm nichts, sie aber gewannen die Überlegenheit. Er probierte verschiedene Auswege. Vor allem versuchte er in ihnen das Gefühl zu wecken, sie hätten ihre Pflicht nicht erfüllt. Aber das war der falsche Weg. Er hatte ihnen schließlich nichts vorzuwerfen, abgesehen davon, daß sie ihn liebten. Wenn überhaupt, dann war er es, der sich als undankbar erwies. Dabei sollte er ihnen für alles dankbar sein. Das war unerträglich. Und dieses pflichtschuldige Einvernehmen mit ihren Blicken, die ihn zu einem guten, geliebten und liebenden Sohn machten. Pfui! Er suchte weiter. Und schließlich fand er einen Ausweg.

Die beste Art, sich von ihnen zu befreien, bestand darin, nicht an sie zu denken, sich nicht um sie zu kümmern, auf sie zu verzichten, sie als Fremde zu betrachten, gar nicht daran zu denken, daß sie für ihn etwas empfanden. Aber dazu mußte er erwachsen werden, dazu brauchte es totale Unabhängigkeit. Und so kam es auch. Eines Tages hörte er auf, die zärtlichen Blicke der Mutter und das bedrohliche Funkeln in den Augen des Vaters zu beachten, die besagen sollten, daß wir, liebster Sohn, genau Bescheid wissen, und zwar nur wir, das heißt, eigentlich war der Vater mit diesem Wissen für sich allein, weil Krzysztof keine Ahnung hatte, was der Vater allein wußte und was er als sein Sohn gemeinsam mit ihm wissen sollte. Er verlor das Sensorium für die elterlichen Chiffren – in diesem Augenblick war der Weg für ihn frei.

Jetzt konnte er weggehen. Und es würde so weit kommen, daß er ging. Zum ersten Mal ohne Gewissensbisse. Mit der Lehre im Kopf, daß er, je mehr die Eltern ihn zu erdrücken suchten, desto leichter andere würde erdrükken können.

In einem Vogel, der über einem Feld schwebte, sah Maria die federleichten Knochen, dank derer er fliegen konnte und nicht gehen mußte. Durch nichts beschwert – höchstens durch den Gedanken ans Fressen. So ein Vogel spürt das Gewicht des eigenen Körpers nicht, er hat nichts von jener Unbeholfenheit an sich, die uns an den Boden fesselt. Er erhebt sich über jedes andere Geschöpf.

Wenn Krzysztof stehenblieb und einem Vogel zusah, dann nicht wegen seines Fluges. Krzysztof wartete auf die Entscheidung des Vogels. Man kann leicht einen Raubvogel erkennen, der die Bewegungen unten am Boden verfolgt. Über den Köpfen schwebend, gehalten von tragenden Strömungen, wartet er ab. Und auch Krzysztof wartete. Wenn der Vogel dann in die Tiefe stürzte, so entschlossen, daß er im nächsten Moment am Boden zu zerschellen drohte, hörte Krzysztof für einen Moment auf zu atmen. Voll Wonne verspürte er ein Kribbeln im Magen. Ein kurzer Hieb mit den Krallen in das unvorsichtige Köpfchen – und das reglose, in die Luft gehobene Fellbündel zeigte den Erfolg an. Krzysztof konnte von neuem Luft schöpfen.

Ein Vogelhirn zu besitzen, das einen nicht zum Denken zwingt – dachte sich Józef manchmal. Ohne den unnötigen Ballast von Sorgen und Überlegungen, um sich an der Oberfläche zu halten und nicht zu verlieren, was man angehäuft hat. Ein Vogel häuft nichts an. Es ist der Mensch, der hamstert wie die Nager. Der Vogel tötet den Nager mit einem Hieb seines Schnabels. So ein Vogelgehirn zu besitzen, das keine Vorstellung irgendeiner Gefahr vermittelt. Mit einem Bewußtsein zu leben, das sich nur auf den Magen und den Flug beschränkt.

Straße und nicht nur

Über Wege, die bei Trockenheit die Schuhe mit Sand und bei feuchtem Wetter mit Schlamm beschmutzten, gelangte man zur Landstraße. Hier war die Haltestelle, von der man in die Stadt und noch weiter fahren konnte. Und an dieser Haltestelle wartete Marian Zygmunt auf den Autobus. Das mußte er tun, denn er arbeitete in der Stadt und konnte nur mit dem Autobus in die Stadt kommen. Was Marian Zygmunt in der Stadt machte, ist nebensächlich, wichtig ist, daß er mit dem Autobus dorthin fuhr.

Im Autobus sah er immer dieselben Gesichter. Alle waren aus derselben Gegend und wirkten durch das Landleben verbraucht. Hier war ein Zahn etwas morscher als der in der Stadt, dort war die Haut faltiger, vermutlich mangels teurer Kosmetika, und die Blicke waren ein wenig ruhiger, nicht so nervös hin und her schweifend wie die städtischen – als würden sie mehr träumen und weniger sehen.

Aber vielleicht kam einem das nur so vor. Denn in Wahrheit ist heute sogar das ärgste Kaff kein wirklich arges Kaff mehr, weil die Zeiten vorbei sind, da es überallhin weit war, und wir in Zeiten leben, in denen alles nahe ist. Dazu kommt, daß heute eigentlich jeder, egal ob Städter oder Landbewohner, nach demselben Parfum stinkt und denselben Mantel oder dieselbe Hose trägt und aussieht wie jeder andere. Aber das ist nicht so wichtig. Es geht darum, daß Marian Zygmunt davon nichts bemerkte und daß ihn diese Dinge nicht interessierten.

Immer wenn er in die Stadt fuhr, blickte er gedankenlos aus dem Fenster. Vor dem Fenster zerfloß die Landstraße mit dem Streifen von Sand und Gras. Schließlich durchdrangen sie einander wie die Schichten eines Mohnstrudels. Die Bäume verschwammen zu einem zukkenden Strom, und es sah aus, als quelle eine grünlichbraune Flüssigkeit aus zerrissenen Adern. Die Streifen der Flüssigkeit blieben hinter ihm zurück. Marian Zygmunt war überzeugt, daß ihn kühle Tropfen bespritzten, und er streifte sich mit der Hand über die fettigen, am Kopf klebenden Haare.

Auf der Landstraße passierten hin und wieder Unfälle, dann mußte der Autobus anhalten. Die Menschen kamen zu spät zur Arbeit, weil es jemand zu eilig gehabt hatte. Ein Autofahrer war einem großen TIR, einem Fernlaster, in den Hintern gefahren. Marian Zygmunt interessierte sich nicht für die Unfälle. Er stieg nicht einmal aus dem Autobus. Er blieb sitzen und schaute aus dem Fenster über die reglosen Felder.

Daher sah er nicht, was andere sahen. Aus einem zertrümmerten Auto wurden leblose Leiber gezogen. Die Menschen gerieten in Panik – sie wußten nicht, was sie mit dem verängstigten Dreijährigen anfangen sollten, der überlebt hatte. Sie stellten ihn zusammen mit seinem Kindersitz am Straßenrand ab, und er schaute, in seinem Sessel sitzend, durch die Gurte gefesselt, zu und erstickte fast an seinen Tränen. Das ging allen auf die Nerven. Schließlich schafften sie die Leichen weg und nahmen das Kind mit. Und es wurde wieder leer und still, und das Autowrack stand sinnlos mit seiner zerquetschten Schnauze da.

Es gab gar nicht so wenige Unfälle auf dieser Straße. Die Menschen im Autobus erzählten einander, wie hier einmal ein Businessman einen tödlichen Unfall gebaut hatte, und als sie ihn gerade in den Leichensack gepackt hatten, ertönte aus dem Sack das Klingeln seines Handys. Keiner wußte, wer den Toten anrief, vielleicht ein Geschäftspartner oder die Frau, die Mutter, die Tochter oder auch der Sohn … Keiner hatte den Mut, den Sack zu öffnen und nach dem Telefon zu greifen. Über der Straße schwebte der süße Duft einer bösen Macht.

Marian Zygmunt hörte nicht, was die Leute erzählten. Er sah keine Unfälle. Sie interessierten ihn nicht. Die Menschen hingegen, die sie sahen, stimmten miteinander überein, daß ein Unfall live immer besser aussieht als alles, was sie später im Fernsehen zeigen. Marian Zygmunt sah auch nicht fern.

Wenn er ferngesehen hätte, hätte er gewußt, wer Andrzej Pasieka war. Jędruś, wie sie Pasieka nannten, beschloß eines Tages, die Straße abzusperren, so daß keiner mehr fahren konnte. Er bediente sich dafür der örtlichen Bauern, die ohnehin nicht viel zu tun hatten, weshalb sie sich in geschlossener Reihe quer über die Straße aufstellten. Auch ihre Traktoren stellten sie quer. Nach einiger Zeit wurden Wodka und Würstchen gebracht. Alles von Pasieka. Die Bauern entzündeten mitten auf der Straße ein Feuer, und jetzt standen oder gingen sie nicht mehr, sondern lagen herum. Die Autos sollten nicht fahren, darum ging es. Und alles nur deshalb, weil im Land vieles nicht in Ordnung war, und die Bauern von der Armut niedergedrückt wurden. »Man muß auf die Regierung Druck ausüben, damit es den Bauern bessergeht!« rief Pasieka, und sein Gesicht rötete sich vor Begeisterung.

Die Menschen stiegen aus den Autos; zuerst baten sie, dann drohten sie, bis sich schließlich einige mit erhobenen Fäusten auf die Bauern stürzten, die aber warfen die Aggressoren in den Straßengraben.

Jetzt stieg auch Marian Zygmunt wie alle anderen aus dem Autobus. Aber er schloß sich den Krakeelern nicht an, die den Bauern drohten. Warum sollte er sich auf die Bauern stürzen, die doch lauter Bekannte waren. Er ging zu ihnen. Fröhlich begrüßten sie ihn. Pasieka drückte ihm sogar die Hand. Er machte Marian den Vorschlag, sich der Blockade anzuschließen. Marian meinte, sicher, sicher, aber vielleicht besser doch nicht. Also bewirteten sie ihn mit einem Gläschen und Wurst. Er ließ sich nicht lang bitten. Als ihm im Inneren warm zu werden begann, stellte er mit Bedauern fest, daß es Zeit war, sich zur Arbeit aufzumachen. Wie denn, so weit! – versuchten ihm die Bauern das auszureden. Doch wenn sich Marian einmal etwas in den Kopf gesetzt hatte, dann blieb es dabei. Also zog er los.

Während des Gehens dachte er traurig daran, daß er nicht frei war. Daß er nicht machen konnte, was er wollte. Seit er diese Hexe geheiratet hatte und seine Tochter herangewachsen war, war es vorbei mit der Freiheit. Dabei gab es ringsum viele Junggesellen, aber nein, sie mußte sich ausgerechnet ihn aussuchen, diese Hexe! Er hatte nichts zu reden. Na ja, gegen die Vorsehung kann man nichts ausrichten. Man muß seine Last tragen. Man muß in die Fabrik zockeln, damit einem die Hexe nicht den

Kopf wäscht. So dachte er bei sich während des Gehens. Er sah nichts von dem, was um ihn herum passierte, weil er nachdachte.

Daher nahm er auch nicht wahr, wie sich Myśliwski der Blockade näherte. Er war auf dem Weg in die Stadt, um etwas zu besorgen. Unwichtig was, wichtig ist nur, daß er jetzt auf die betrunkenen Bauern zuging. Er kannte sie alle aus der Kolchosensiedlung. Er erkannte auch Pasieka. Schon von weitem. Auch Pasieka erkannte Myśliwski. Ebenfalls von weitem. Sie standen einander gegenüber, wobei ihre Nasen fast aneinander stießen. Das heißt, sie hätten sich mit den Nasen berührt, wenn Pasieka etwas größer gewesen wäre. Die Bauern verstummten. Das Gelächter und die Diskussionen verstummten. Die Streitereien verstummten. Keiner wagte es, sich auch nur das Fett von der Wurst abzuwischen, das übers Kinn tropfte, denn die Spannung zwischen Pasieka und Myśliwski hatte die Luft in massiven Fels verwandelt. Nur ein Vögelchen zwitscherte schüchtern, fiel jedoch gleich darauf tot zu Boden, weil alle es so anstarrten, daß es nur tot zu Boden fallen konnte, um sich zu retten.

»Na, Józuś!« sprühte Pasieka Speichel.

»Na, Jędruś!« zischte Myśliwski.

Jędruś nickte den Bauern zu.

»Auf den Dieb!« rief Jędruś voll Pathos. Doch keiner rührte sich. Nur ein nicht allzu großer Stein, von dem keiner wußte, woher er kam, beschrieb in der Luft einen weiten Bogen und landete dann, ganz langsam, als falle er auf den Grund des Meeres, auf Myśliwskis Stirn. Eine rote Blume erblühte. Etwas rann Myśliwski in die Augen, der noch nicht begriffen hatte, was geschehen war. Sicher glaubte er, ein Vogel habe ihn angeschissen, doch als ihm das Blut in die Augen rann, wischte er mit der Hand drüber und sah, daß die Hand schmutzig war. Da verstand er.

Die Bauern stürzten sich auf ihn. Verzerrte, aufgedunsene Gesichter. Myśliwski riß sich los, ehe sie ihn umringen konnten, um ihn in den Asphalt zu treten. Er erreichte seinen Mercedes, und es gelang ihm, sich darin einzuschließen. Plattgedrückte Nasen auf der Windschutzscheibe. Ein Zahn hinterließ einen Kratzer im Lack.

Myśliwski begriff, daß sich etwas verändert hatte. Er hatte immer gedacht, es sei anders. Jetzt sah er, daß andere anders dachten.

Dann war die Blockade vorbei. Marian Zygmunt kehrte wieder mit dem Autobus zurück, und der Schweiß kondensierte auf den Scheiben. Es stank nach Müdigkeit. Das Gedränge raubte einem den Atem. Marian Zygmunt achtete nicht auf Schweiß und Dreck, weil er selber dreckig war und noch mehr schwitzte als die anderen. Und zwar deshalb, weil er nie heimfuhr, ohne vorher ein paar Biere in sich hineingegossen zu haben, und das Bier kommt einem, wie das nun einmal so ist, über die Haut wieder heraus und tränkt die Luft mit dem grünlichen Gestank von altem Erbrochenen.

Manchmal, wenn ihm danach war, betrachtete Marian Zygmunt die Plätze der Busfahrer. Die sahen unterschiedlich aus. Die einen waren reich geschmückt wie Kirchenkanzeln. Andere waren bescheidener, wie die Wohnungen von Mesnern. Akkurat bei diesem Chauffeur war der

Platz eher bescheiden. Gerade einmal drei Wimpel von Handballklubs, na ja, vielleicht war auf einem auch das Rathaus einer Stadt zu sehen. Zwischen den Wimpeln baumelten bunte Hündchen und Häschen, und in die Sonnenklappe hatte er einen Adler gesteckt, sicher von einer Militärmütze, zur Erinnerung. Das war alles. Kein Kreuz, kein Bild der Muttergottes. Dabei war geweihter Schnickschnack am beliebtesten.

Marian Zygmunt konnte sich an einen Fahrer erinnern, der die ganze Tapezierung über der Windschutzscheibe abwechselnd mit einem Christus, dann einem nackten Weib, einer Maria mit dem Kinde, dann wieder zwei Weibern, die einander leckten, beklebt hatte. Am Ende des Schaltknüppels hatte er einen bernsteinfarbenen Knopf angebracht, in den ein Bild des Papstes eingegossen war, damit man sicherer schalten konnte. Der Mann mußte gläubig sein.

Nur selten gab es einen, der überhaupt keine Verzierung angebracht hatte. Etwas mußte irgendwo kleben. Offensichtlich fühlten sie sich auf diese Weise ein wenig wie zu Hause, vielleicht sogar mehr wie Herren und Gebieter und nicht einfach wie Chauffeure mit Asphalt im Maul.

Nachdem Marian Zygmunt aus dem Autobus gestiegen war, ging er entlang der Straße nach Hause. Er wankte am Rand des Asphalts und des mit Gras bewachsenen Banketts. Seine angeborene Fähigkeit, eine aufrechte Haltung zu wahren, erlaubte ihm, in einer geraden Linie zu gehen. Er konnte noch so betrunken sein, nie wich er ab von einem einmal eingeschlagenen Kurs. Das war eine phänomenale Fähigkeit, über die er sich nie

Gedanken machte, weshalb er auch nichts wußte von seinem perfekt austarierten Gleichgewichtsorgan, das im Inneren des Ohres wie ein Stehaufmännchen hin und her schwankte, das nie umfällt, auch wenn es von einer bösen Macht angestoßen wird.

Am Straßenrand konnte man zahlreiche Opfer dieser bösen Macht sehen. Sie lagen im Graben. Hier ein Hase, der es nicht mehr geschafft hatte, über die Straße zu springen, da ein Vogel, den es im Flug erwischt hatte. Manchmal lag da auch ein Hund mit entblößten Zähnen, gebleckt zu einem seltsamen Grinsen, als hätte er kurz vor dem Zusammenstoß nicht recht gewußt, ob er zubeißen oder demütig schlecken sollte. Aber Marian Zygmunt merkte nichts von all dem.

Die böse Macht mied ihn von weitem. Obwohl die Autos knapp an ihm vorbeirasten, schwankte Marian Zygmunt nie und wurde nie von einem Sog gepackt und unter die Räder eines Lastwagen gerissen. Mit gesenktem Kopf strebte er vorwärts. Er achtete nicht auf zerdrückte Bierdosen, die glänzenden Verpackungen von Chips, die Zigarettenschachteln und anderen Dreck. Nur hin und wieder bückte er sich nach einem Zigarettenstummel und steckte ihn, wenn er noch zu gebrauchen war, in die Tasche.

Am Ende bog er seelenruhig von der Landstraße in den Weg ein, der bei feuchtem Wetter die Schuhe mit Kot und bei trockenem mit Sand beschmutzte, und gelangte zu den Blocks der Kolchosensiedlung, wo er wohnte, und wo Józef Myśliwski, wenn ihn die Lust überfiel, die eine oder andere Bewohnerin schwängerte.

In der engen, kleinen Wohnung mit dem Schimmelpilz an den Wänden wurde Marian Zygmunt zu seinem Leidwesen von Frau und Tochter begrüßt. Von der Tochter seltener, weil sie oft tagelang verschwand. Manchmal, wenn er einigermaßen nüchtern war, ärgerte sich Marian Zygmunt darüber.

»Sei froh, daß du so eine tüchtige Tochter hast. Wenn sie nicht wäre, müßten wir trockenes Brot kauen«, keifte ihn seine Frau an.

Marian Zygmunt brummte etwas in sich hinein und aß die aufgewärmte Suppe. Aber er beschloß, der Tochter bei nächster Gelegenheit ordentlich seine Meinung zu sagen. Diese Gelegenheit bot sich beim sonntäglichen Mittagessen. Sie saßen zu dritt vor ihren Tellern und blickten auf den Fernseher. Marian Zygmunt starrte gewöhnlich nicht direkt auf den Bildschirm, sondern etwas daneben aus dem Fenster, das heute von einem sauberen, blauen, wolkenlosen Himmel ausgefüllt wurde. Die Tochter wollte sich gerade vom Tisch erheben, da sagte Marian Zygmunt in einem für ihn ungewöhnlich barschen Ton, sie solle noch bleiben.

»Zeigt der Pfarrer nicht wegen dem, was du da treibst, von der Kanzel mit dem Finger auf dich?« fragte er die Tochter.

»Was du daherredest, Vater! Der Pfarrer lobt mich, weil ich die Eltern unterstütze. Wenn er übrigens mit dem Finger auf jemand zeigen wollte, dann müßte er auf die Hälfte der Siedlung zeigen. Bin ich etwa die einzige?« flötete die Tochter.

»Die einzige oder nicht, aber warum ausgerechnet du?«

»In was für einer Welt lebst du eigentlich? Schließlich macht das keine von uns aus Liebe. Das ist eine ganz normale, gewöhnliche Arbeit.«

»Wenn du etwas tüchtiger wärst, müßte sie nicht tagelang in der Arbeit zubringen«, warf seine Frau ein.

»Ach was!« fuhr Marian Zygmunt auf und fügte dann etwas ruhiger hinzu: »Aber das ist wohl nicht ganz ungefährlich.«

»Vater, du hast doch wirklich keine Ahnung. Sie holen uns mit einem Kleinbus ab und bringen uns an Ort und Stelle. Dort ist es wenigstens lustig, Gratisdrinks, interessante Leute, manchmal sogar Ausländer.«

»Und sie bringt einen ordentlichen Lohn nach Hause, nicht ein paar jämmerliche Hunderter so wie du«, fügte die Frau hinzu.

»Meine Arbeit ist ehrlich«, setzte sich Marian Zygmunt zur Wehr.

»Seit zwanzig Jahren in ein und derselben Fabrik!« Die Frau hob in einer Geste der Verzweiflung die Hände zum Himmel.

»Was willst du, ist meine etwa nicht ehrlich?« sagte die Tochter angriffslustig. »Ich halte meinen eigenen Arsch hin.«

»Na, na, na!«, versuchte er sie zu beruhigen.

»Wenn du so tüchtig wärst wie Myśliwski, dann müßte sie das nicht tun«, kreischte die Frau. »Aber der Myśliwski hat halt Eier, nicht so wie du …«, sie sah ihren Mann verächtlich an.

Marian Zygmunt sprang auf: »Ich werd dir gleich …«

»Ja, versuch's nur«, sie hob herausfordernd das Kinn in seine Richtung. »Sei ein Mann!«

»Ich hab keine Verwandten beim Finanzamt und keine Bekannten im Büro, auch keinen Bruder im Sejm oder einen reichen Onkel in Amerika«, stieß er zwischen den Zähnen hervor und ging in den Vorraum.

»Du hast noch nie was zusammengebracht! Nicht einmal deine eigene Großmutter hat dir ihr Haus überschrieben. Dabei habe ich so damit gerechnet. Aber du, nichts! Immer der letzte, hinter allen anderen! Du bist nicht einmal fischen gegangen! Jeden Augenblick sagt mir eine Bekannte, daß sie einen Fisch aus dem Fluß gebraten hat oder daß sich ihr Alter um das Geld für einen Fisch besauft, und das ist gut so, weil er wenigstens nicht das Geld der Sozialhilfe verschwendet, aber du machst wie immer nichts. Du hast eine Arbeit, aber die zählt nicht! Wenn nicht unsere Tochter wäre, dann würde ich seit zwanzig Jahren im selben Mantel herumlaufen!« Wie gewöhnlich hatte sich seine Frau in Rage geredet. Marian Zygmunt zog den ersten Schuh an.

»Und dann noch dieser Familienname! Zygmunt! Wie ein Vorname! So eine Schande!« schrie die Frau über seinen Kopf hinweg. »An den werde ich mich nie gewöhnen, hörst du?!«

Marian Zygmunt zog den zweiten Schuh an.

»Geh doch zu dieser Fut, zu dieser Mariola! In dieses Puff! Mach dir wieder in die Hosen!« brüllte seine Frau noch lauter.

»Von ihr sagt man wenigstens nicht, daß sie eine Hur ist!« ließ sich Marian Zygmunt endlich vernehmen, wobei er seine Tochter bedeutungsvoll ansah. »Im übrigen ist es nicht mehr so wie früher«, brummte er traurig vor sich hin. Als er nach seinem Rock griff, stürzte sich die

Tochter auf ihn, als wäre sie eben aus einem Sekundenschlaf erwacht und durch diesen kurzen Moment der Abwesenheit besonders wütend:

»Was sagen sie nicht, was sagen sie nicht?! Wenn du in die Kirche gehen würdest, dann wüßtest du es. Gerade von ihr sagt der Pfarrer, daß Sodom und Gomorrha! Daß Hurerei in den Augen und vor aller Augen!«

»Euer Pfarrer ist doch nur ein Schwätzer! Er glaubt, daß er sich alles erlauben kann. Angeblich läßt er sich für die Beichte sogar bezahlen …«

»Von mir nicht«, stieß die Tochter hervor, dann schwieg sie. Sie schämte sich wohl, aber weil das nur selten vorkam, fiel es keinem auf.

»Das Pfarrhaus hat er auf dem Friedhof gebaut«, sagte Marian Zygmunt.

»Das sagt bloß der Staszek von Myśliwski!« Die Tochter hatte sich wieder gefangen. »Dabei wissen doch alle, daß das Blödsinn ist.«

»Staszek hat mit der Egge Knochen und Stücke von Grabsteinen ausgebuddelt«, wiederholte Marian Zygmunt, was er von Staszek gehört hatte. Er wollte gar nicht hinzufügen, daß Staszek immer noch diese Knochen vor sich sah, wie sie in einer gespenstischen Reihe dalagen, und daß sie ihm zuschrieen, warum er ihr ruhiges Liegen gestört habe, sie hätten doch ganz harmonisch dagelegen wie menschliche Gebeine, und was wäre nun aus ihnen geworden?! Aber der Pfarrer hatte ihm befohlen, alle Knochen auf einen Anhänger zu laden und auf die Müllhalde zu führen, und dann hatten die Hunde sie in der Umgebung herumgeschleppt, und jeder dachte, die seien von Kühen oder von Pferden, nur daß die Knochen etwas kleiner waren als Pferde- oder Rinderknochen, aber um ihr Gewissen zu beruhigen, redeten sich die Leute ein, daß sie wohl eher von Pferden oder Kühen stammten als von etwas anderem … Über diese Dinge wollte Marian Zygmunt mit den Frauen gar nicht erst reden, weil sie das ja ohnehin nicht verstanden hätten.

»Ach was!« sagte er mit einer wegwerfenden Handbewegung. »Was soll das Ganze?«, und er verließ das Haus. Seltsamerweise schwiegen die Frauen.

Marian Zygmunt atmete erst auf der Landstraße wieder auf, obwohl in diesem Moment ein Lastwagen mit zwei Anhängern auf ihn zukam.

Zeit und nicht nur

Józef Myśliwski hatte immer weniger Zeit. Die Banken verlangten Beweise für die Bestellungen, die ihm das Geld einbringen sollten, um seine Schulden zu bezahlen. Die Zinsen für die nicht bezahlten Kredite wuchsen wie ein bösartiger Pilz im Rachen, sie erstickten ihn und verpesteten die Luft, die Myśliwski atmete. Er brauchte Erlöse.

Marcin Panek hingegen machte zum bösen Spiel ein dummes Gesicht. Er brachte keine einzige Bestellung mehr herein. Myśliwski begann Druck auf Panek auszuüben, dieser solle ihm Beweise für den versprochenen Vertrag vorlegen, der viele Tausend einbringen sollte. Panek versprach, morgen die Papiere zu bringen, und schon in einer Woche würden sie unterwegs sein zum Direktor der größten Möbelfabrik im Lande. Nach diesem Versprechen ließ er sich nicht mehr blicken.

Józef wunderte sich nicht über sein Verschwinden. In Wahrheit hatte er seit einiger Zeit den Verdacht, mit Panek sei etwas nicht in Ordnung, doch er hatte sich nicht eingestehen wollen, daß sich die früheren Befürchtungen Marias bewahrheiten könnten.

Im Büro des Sägewerks hatte Panek keine Spuren hinterlassen. Als hätte er nie bei Myśliwski gearbeitet. Mehr noch, es fehlten wichtige Dokumente, die schwarz auf weiß den Stand von Myśliwskis Verschuldung belegten. Offenbar waren sie Panek in die Hände gefallen, und jetzt konnte sie dieser Schurke der Konkurrenz und nicht nur der zeigen. Das würde vollauf genügen, um die Glaubwürdigkeit der Firma im ganzen Land zu untergraben.

Was war zu tun? Nichts. Das war wohl das Ende. Myśliwski konnte nur mehr spazierengehen. Zu Mariola. Je näher Józef der Siedlung kam, desto schneller ging er. Die Stiege rannte er schon hinauf. Sie wollte ihn nicht einlassen. Sie mußte zu Hause sein! Als er schon wieder gehen wollte, öffnete sie doch noch. Sie sah schlecht aus. Sie war im Nachthemd, verschwitzt, mit fettigen Haaren. Sehr müde. Sie sagte, er solle sie in Ruhe lassen. Aber du hast doch aufgemacht! Du hast gewußt, daß das ich bin, und du hast aufgemacht!

Sie begannen aneinander zu zerren. Schließlich gab sie nach. Er besprang sie, wobei er sich am eigenen Speichel verschluckte. Hin und wieder schlug er ihr leicht ins Gesicht. Er bewegte erregt den Hintern, ungeschickt wie ein kleiner Hund. Um es möglichst rasch hinter sich zu bringen. Sie lag da, steif wie ein Brett. Sie schützte sich nur schwach gegen seine Schläge. Sie tat so, als schmerzten sie nicht. Nicht ihm gegenüber, sondern vor sich selber. Sie umarmte ihn nicht einmal. Sie schaute zur Decke. Zum ersten Mal spürte sie nichts dabei. Zum ersten Mal spürte sie nichts mit einem Kerl. Als er fertig war, stand er auf und zog die Hosen hinauf, die ihm zu den Schuhen gerutscht waren. Früher hatte er das nie bemerkt, doch jetzt sah er, daß Schimmelpilz die Wände und den Plafond bedeckte. Die bleifarbenen und braunen Flecken sahen aus wie Flechten auf schmutziger Haut.

»Hurerei, elende!« fluchte er, während er seinen Hosenschlitz zumachte. »Hure …«

Das Krachen der zugeworfenen Tür bewegte nichts. Es verklang ohne Echo. Frau Mariolas Augen waren aus Glas, ihr Körper aus Plastik. Er lag reglos auf dem Bett, das Gesicht zur Decke gewandt. Still und sehr einsam.

Hinter der Siedlung bildete der Fluß eine breite Stelle, wo sich die Reiher versammelten. Dabei schrieen sie wie Frauen, die sich über etwas erschrecken. Vor allem während der Dämmerung wurden die Stimmen der Reiher beunruhigend menschlich. Als verleihe die Zeit zwischen Tag und Nacht der Natur die Fähigkeit, alle Gattungen von Pflanzen und Tieren einander anzugleichen.

An der Wende vom Herbst zum Winter erreicht die Dämmerung eine ganz eigene Qualität. Ein dicker werdendes Grau bedeckt wie kalte Lava langsam die Welt. Die dunklen Knollen der Bäume verlieren ihre Identität, und man kann in ihnen lauernde Tiere sehen. Es ist leicht, sich im freien Feld zu verstecken. Man braucht nur stehenzubleiben, und die dunkle Silhouette eines Menschen verwandelt sich in den Stamm eines Baumes, der seine Äste verloren hat.

Am Ende macht die Nacht die Augen blind. Und erst nach einiger Zeit, wenn sich der Blick an die neue Welt gewöhnt hat, sieht man, daß sich in dieser toten Schwärze etwas bewegt, daß das keineswegs tot ist, nicht unwiderbringlich verloren ist, sondern immer noch da, wenn auch in einem anderen Licht oder im fehlenden Licht, aber es ist da … Und es lebt.

Der Alte liebte es, die Zeit zu beobachten, und er war gut darin. Er mußte sich nicht einmal von der Stelle rühren, um zu sehen, wie Maria Myśliwskas Gesicht häßlicher wurde. Wie ihre Jugend schrumpfte und sich die nächsten Lebensphasen einstellten. Wie sich die zerknitterte Kugel des Säuglings im nächsten Moment zur schlanken Frauengestalt entfaltet, die sich am Ende zum Boden neigt.

In Krzysztofs scharfen Gesichtszügen entdeckte er eine Vorankündigung seines Charakters. Menschen mit kantigen Leibern müssen hart schuften, wenn sie gut sein wollen. Nur die Zeit ist imstande, diese Kanten zu glätten. Aber sie kann sie auch schärfen wie die Klinge eines Rasiermessers. Dann können sich andere an einem solchen Menschen bis aufs Blut verletzen.

Der Alte betrachtete seine Hände. Sie erinnerten an die Klauen eines Vogels, doch ohne große Anstrengung konnte er sie vor seinen Augen auch zu den Fäustchen eines Neugeborenen schrumpfen. Angesichts dieser Fähigkeit löste sich die Zeit auf. Es fehlte ihm eine Stütze, die ihm erlaubt hätte, sich im nächsten Augenblick, oder etwas später, vorher, nachher oder eben in diesem Moment zu definieren. Er konnte höchstens die Gestalt einer Schlange annehmen, die ihren eigenen Schwanz frißt.

Der Alte vermochte auch in die Zeit hineinzuhören. Er hörte das absterbende Gras, aus dem Sonne und Boden die Säfte gesaugt haben, dabei war es beim Entstehen doch so üppig gewesen. Er hörte die fallenden Bäume und das dumpfe Bersten ihres morschen Inneren. Die Arbeit des Frostes, der die Insektenlarven tötet, damit diese im Sommer nicht in Schwärmen über uns kommen. Das leise Winseln eines verreckenden Hundes, den letzten Atemzug, der die meiste Kraft kostet.

Er hörte, wie Haare und Nägel wachsen. Das trockene Rascheln der vertrocknenden Haut. Wie sie sich dehnt und den Körper überzieht, bis sie schließlich zu krachen beginnt. Und er hörte, wie der Körper nach einiger Zeit zu klein wird für die Haut, und wie sie überflüssige Falten zu werfen beginnt, in denen sich schattige Krater auftun, die sich mit Lurch und Schmutz füllen. So einem Körper, so einer Haut war nicht mehr zu helfen, wozu waren sie überhaupt noch da?

Wenn einer Frau der Bauch wächst, entsteht die Hoffnung auf neues Leben, das den Tod besiegt. Die kleinen Münder schreien lauter als der Schmerz der Mutter, der schon vorbei ist, nicht mehr existiert, weil da nur mehr Erschöpfung ist. Ja, und jetzt dieser Knirps. Häßlich und faltig, wie ein alter Mann, dabei hat er doch eben erst zu existieren begonnen.

Am Anfang hat es den Anschein, als genüge die Energie, die es zum Wachsen, Gehen- und Sprechenlernen braucht, um den Wettlauf gegen die Zeit zu gewinnen. Um sie nach seinem eigenen Muster zu formen und sie dazu zu bringen, daß sie erschafft und nicht zerstört. Nach der ersten Gefälligkeit kommt jedoch die Stunde, da man die Schulden bezahlen muß, die man in der unverschämten Jugend angehäuft hat.

Es überfallen einen Krankheiten, die Kräfte lassen nach. Atemnot bereits nach der ersten Treppenstufe. Ein Schmerz, der schon immer gelauert hat, beginnt in Knochen und Muskeln zu pochen. Man muß wieder lernen zu leben. Diesmal nicht mit der lächelnden Pausbäckigkeit des Kleinkindes, sondern mit zusammengebissenen künstlichen Zähnen.

Die Gegenwart wird zu unangenehm, als daß wir sie wahrnehmen wollten. Die Zukunft schrumpft, weil es keinen Sinn mehr ergibt, etwas zu planen. Im wesentlichen zählt nur mehr das, was wir erlebt haben. Die Erinnerungen gewinnen an Bedeutung, allein weil sich in all diesen Jahren einige angesammelt haben. Und weil sie interessanter sind als die Gegenwart und die Angst vor dem lindern, was nachher kommt, drängen sie sich in unseren Kopf und nehmen die ganze noch verbliebene Zeit in Beschlag. Auf diese Weise verbleibt uns immer weniger Zeit für Erwartungen. Und das ist gut so. Daher wird das, was immer war, rascher sein.

Müllplatz und nicht nur

Der Müllplatz lag ganz am Ende. Eigentlich näher zur Stadt hin als alles andere. Es war vor allem hier, wo Krzysztof und seine Kumpane aufwuchsen. Natürlich liefen sie über die Felder, trieben sich im Sägewerk herum, badeten im See, aber irgendwie zog es sie immer wieder zum Abfall. Wahrscheinlich verdrehte ihnen die Vielfalt des Müllplatzes den Kopf. Der bunte Dreck wurde nicht nur aus der Umgebung hierher gebracht, sondern auch aus der Stadt, was ihn wertvoller machte. Auf dem Müllplatz konnte man alles finden. Von farbig bis farblos, von duftend bis stinkend, von gestaltvoll bis formlos. Tausende Trümmer, aus denen man nur schwer einen Sinn herauslesen konnte.

Hier lag auch der Teufelsstein, der die äußerste Grenze dieser Welt war. Ein Stein so groß wie zwei Kühe. Von Józef Myśliwskis Haus ging man zu diesem Stein eine gute Stunde. Für Krzysztof und seine Freunde, die ständig rannten, war der Teufelsstein näher. Man sagte von ihm, es müsse ihn geben, er werde gebraucht, um das Gleichgewicht in der Welt aufrecht zu erhalten. Denn es dürfe nicht sein, daß nur das Gute existierte. Dann würde der Mensch nicht begreifen, daß es ihm gutgeht. Es dürfe auch nie so sein, daß nur das Böse existierte. Dann würde der Mensch den Verstand verlieren und nicht begreifen, daß es ihm schlechtgeht. Der Teufelsstein ist jenes Sandkorn, das nicht fehlen darf, wenn es nämlich fehlte, würde es in der Welt noch schlimmer zugehen. Obwohl einige leise brummeln, daß es vielleicht für die Welt besser wäre, wenn es den Teufelsstein nicht gäbe?

Unverrückbar an seinem Platz festgewachsen, liegt er angeblich seit ewigen Zeiten hier. Einmal versuchte Marta Krzysztof einzureden, er solle den Leuten aus der Stadt keinen Glauben schenken, schon gar nicht den Lehrern, die lehrten, die Erde sei rund – wie könne die rund sein?! Wenn sie wirklich rund wäre, würde doch der Teufelsstein herunterfallen, und wir alle mit ihm, aber er bleibt, wo er ist. Er steht da, wo er immer stand. Nichts kann ihn fortbewegen. Daher kann die Erde nicht rund sein. Krzysztof und seine Freunde hielten nicht viel von Martas Philosophie – wer hörte schon auf sie? Sie brauchten nicht zu befürchten, sich übermäßig mit Wissen zu belasteten. Erstens scherten sie sich nicht viel um Wissen. Zweitens besuchten sie nicht die Schule in der Stadt, sondern nur die in der Siedlung, wo sich die Geographielehrerin nie blicken ließ, weil sie dauernd krankgeschrieben war.

Krzysztof hatte kein Interesse, dem Vater im Sägewerk zu helfen. Er wollte der wichtigste Scheißkerl sein. Das gelang ihm auch – schließlich verwandte er darauf seine ganze Energie. Es lohnt nicht, seine Worte zu zitieren, denn sie enthielten keine große Philosophie. Aber seine Freunde hörten auf seine Worte, und sie waren aggressiv und frech genug, um so manchem arg zuzusetzen. Das einzige Problem bestand darin, daß sie nur sechs waren. Diese Halbheit ärgerte Krzysztof. Er träumte immer von einem vollen Dutzend. In dieser Umgebung wäre das eine ganze Armee. Leider mußte er sich mangels Besserem mit sechs Getreuen begnügen.

Sie beherrschten den Müllplatz. Nicht einmal eine Ratte durfte sich ohne ihre Erlaubnis hier tummeln. Doch das wurde bald langweilig, und sie begannen sich für Mädchen zu interessieren. Ungefähr um diese Zeit kaufte Józef Myśliwski seinem Sohn einen zwölf Jahre alten Mercedes, und ab diesem Zeitpunkt mußten Krzysztof und seine Freunde nicht mehr laufen, sondern konnten fahren. Viel fuhren sie freilich nicht, weil Krzysztof schon nach wenigen Tagen in die Kapelle der Blauen Madonna krachte und den Wagen zu Schrott fuhr. Der Kopf der Madonna flog ein paar Meter weit und wurde nicht mehr gefunden. Den Burschen war nichts geschehen, und sie wuchsen weiter, denn solche wie sie wachsen wie Unkraut auf Scheiße. Am Ende übernahmen sie die Herrschaft in der Diskothek der Siedlung. Jeden Samstag kam dort die ganze Umgebung zusammen. Krzysztof und seine Gruppe gingen zu Fuß in die Disko. Sie hatten nichts mehr, womit sie hätten fahren können.

Im Gemeinschaftsraum der Schule mit dem abgetretenen Linoleumboden tanzten mehrköpfige Gruppen, zu schwankenden Kreisen vereint, bei gedämpftem Licht. Die Burschen wedelten unbeholfen mit den Armen, eigentlich nur mit den Händen, weil sie die Ellbogen fest an die aufrechten Körper gepreßt hielten. Ungeschickt traten sie mit in den Knien abgebogenen Beinen auf der Stelle. Die Mädchen bewegten sich etwas freier, was sie dadurch betonten, daß sie die Haare einmal in diese, dann in die andere Richtung warfen. Zuckende Lichter gab es keine. Nur das kalte Weiß der Leuchtstoffröhren fiel durch die Scheiben des Schulladens in den Gemeinschaftsraum, in dem man Orangeade und Chips zu kaufen bekam. Alkohol wurde keiner verkauft, trotzdem konnten sich die meisten kaum mehr auf den Beinen halten.

Krzysztof war gerade nach draußen gegangen und stand an der Mauer. Er pißte mit sichtbarer Erleichterung. Doch gleich darauf stieg ihm der Gestank der eigenen Pisse unangenehm in die Nase. Seit der Begegnung mit dem Alten, als er angeschissen hatte nach Hause laufen müssen, irritierte ihn alles. Er zog den Hosenschlitz zu – plötzlich wußte er, was er zu tun hatte. Er mußte seine Burschen sammeln.

Es gelang ihm, drei von ihnen zu überreden. Nur die waren noch imstande, sich zu rühren. Sie gingen zu Tosiek, weil die Siedlung nicht weit entfernt von der Schule war. Krzysztof hatte kaum ans Fenster geklopft, da tauchte schon ein Kopf mit einem kunstvoll geformten und auf den Schopf geklebten Haarteil auf. Aus der Tiefe der Wohnung war eine Stimme zu hören, verzerrt durch den Lautsprecher eines billigen Radios. Das war wohl der Priester, der zu den Gläubigen sprach.

Krzysztof befahl Tosiek, sich anzukleiden und ihn mit seinen Kumpanen zum See zu fahren. Er wußte, daß Tosiek es nicht wagen würde, dem Sohn des Chefs das abzuschlagen. Er ging zur einzigen Garage in der Siedlung, öffnete die drei Vorhangschlösser, und sie setzten sich in den alten, aber immer noch fahrtüchtigen Jeep.

»Laß mich fahren«, knurrte Krzysztof, aber so, daß man den Wodka möglichst nicht roch. Wie er so bat, fühlte er sich ein wenig wie ein Grünschnabel.

»Nichts da, du bist voll wie drei Fässer«, knurrte Tosiek. Wie er das sagte, fühlte er sich ein wenig wie ein Vater.

Sie fuhren schnell. Tosiek fuhr gern schnell. Er verlangsamte nur in den Kurven, die Scheinwerfer holten die Kapelle mit der nach wie vor kopflosen Blauen Madonna aus der Finsternis. Krzysztof wischte sich mit dem Handrücken über die Schläfe.

Der Jeep sprang über Schlaglöcher, aber was war das für ein Springen? Als würde es den Motor und die Karosserie vor Freude zerreißen. Was machte es schon, daß es so laut war, als säßen sie direkt auf dem Motor, dafür ging es schnell und mutig dahin! Die Burschen waren außer sich. Krzysztof schwitzte, weil er im Gegensatz zu den anderen wußte, wohin sie fuhren. Tosiek lächelte in sich hinein. Eine kleine Madonnenfigur baumelte an einer kurzen Kette, die vom Rückspiegel hing. Gegen das Licht der Autoscheinwerfer sah sie aus wie ein längliches Stück Kohle. Ohne Gesicht und Farbe.

Die Scheinwerfer schnitten ein Stück einer anderen Welt aus dem Dunkel. Diese Welt verschwand irgendwo hinter ihnen für immer. In dem Dunkel, in das sie stürzte, kollerte sie noch eine Weile herum und schlug gegen die Steine, bis sie zu Staub zermalmt wurde.

Sie nahmen schleudernd eine Kurve, und Krzysztof erinnerte sich an die Erzählung seines Vaters von dessen erstem Auto. Es war die Erzählung von einem großen Polonez-Wagen; wie Józef, noch vor Krzysztofs Geburt, als er in der Stadt mit Maria verlobt war, vom Bekannten eines Bekannten für sein ganzes zusammengekratztes Geld einen Polonez gekauft hatte. Es war eine alte Kiste, und er hatte gehofft, damit noch ein wenig fahren zu können. Erst als er den Wagen versicherte, sah er, daß das Fahrgestell total verrostet war.

Der Bekannte eines Bekannten hatte Józef, wie das unter Bekannten einmal üblich ist, ein Auto angedreht, das höchstens noch Schrottwert besaß. Verlorenes Geld. Doch es gab eine Möglichkeit, sich das Geld wiederzuholen. Man mußte den Polonez nur so kaputtfahren, daß der Experte von der Versicherung nicht erkannte, daß das Fahrgestell schon vor dem Unfall zu nichts mehr zu gebrauchen war. Bloß daß dieses Nur eigentlich ein Soweit war.

Józef setzte den Sturzhelm seines Vaters auf – groß, rund und schwarz –, legte die Sicherheitsgurte an und fuhr los. Vor jeder Kurve hatte er Maria und eine ganze Schar Kinder vor Augen, die er mit ihr machen wollte. Damals liebte er Maria noch, und es hätte ihm leid getan, sie zu verlieren.

Es war nicht leicht, sich zu dieser einen Drehung des Lenkrads zu entschließen, die ihn von der Straße abbringen und in den nächsten Baum schleudern würde. Und wenn er übertrieb, wenn er den Wagen zertrümmerte und zusammen mit ihm verbrannte? Die Vorstellung, wie ein Huhn am Grill zu braten, war nicht gerade hilfreich, die Entscheidung zu treffen. Er wollte schon das Lenkrad herumreißen, aber nein … Er unterließ es. Und fuhr weiter.

Er liebte die Strecke. Sie war sehr kurvig. Immer wieder mußte er zurückschalten, das Brems- und Gaspedal treten. Er verfiel in Trance, verschlang unbewußt Kilometer um Kilometer. Für einen Augenblick vergaß er sogar, warum er losgefahren war. Er dachte an Maria, an ihren Körper und daran, wie sie ihm gefiel. Ihm gefielen viele Frauen, aber Maria am besten, so sehr, daß sie seine

Frau werden sollte. Ruhig, nachgiebig, würde sie ihn immer lieben. Er hatte Angst, er würde seine Frau nie wiedersehen, brächte er den Unfall nicht so wie geplant hin. Das hätte ihm leid getan. Mit dem Auto wollte er doch als Taxifahrer etwas dazuverdienen. Die Genehmigung hatte er schon besorgt. Er mußte das machen! Hurerei, elendige, er mußte! Er bremste …

Es war so einfach. Da war die Entscheidung, dann nahm alles seinen Verlauf. Józef pflügte durch den kurzen Wiesenstreifen, der ihn vom Baum trennte, und krachte mit der Fahrgastseite gegen den Stamm. Die Geschwindigkeit war nicht allzu hoch, vernünftig berechnet, und dennoch zerrten die Sicherheitsgurte so fest, daß ihm beinahe die Luft wegblieb. Nur gut, daß er den Sturzhelm trug, denn er schlug mit dem Schädel heftig gegen die Kopfstütze. Der Hals schmerzte, er verlor wohl für einen Moment das Bewußtsein.

Es war geschehen. Er saß im zertrümmerten Auto. Er hatte sich nicht einmal verletzt, und der Wagen klebte am Baum. Das war Tatsache. Die Miliz kam. Sie nahmen den Unfall auf. Józef rief einen Bekannten von der Abschlepphilfe an. Sie schleppten den Wagen zu einem anderen Bekannten, der eine Autowerkstatt besaß. Das war ein Kollege seines Vaters. Ein Vertrauter. Józef nannte ihn Onkel. Es war dieser Onkel gewesen, der ihm den Rat gegeben hatte, die Nummer mit dem Auto abzuziehen.

»Du hast es nicht geschafft. Das Fahrgestell ist fast ganz geblieben. Zu reparieren. Die Versicherung wird dir nichts zahlen«, sagte der Onkel, als er den Polonez auf der Hebebühne betrachtete.

»Was soll ich jetzt tun?«

»Was tun, was tun?« Der Onkel griff nach einem Wagenheber und reichte ihn Józef. »Man muß das Hinterteil fertigmachen.«

Sie schlugen ein Stück Holz zwischen die Hinterachse und die Antriebswelle und benützten den Heber als Hebel. Sie drehten und drehten, bis es krachte und die Achse aufstöhnte wie ein Mensch. Sie waren ein wenig in Hitze geraten, aber es langte. Das rostzerfressene Fahrgestell zerfiel zu Schrott. Jetzt konnte der Sachverständige kommen.

»Und wie geht's dem Vater?« fragte der Onkel, als sich Józef zum Gehen wandte.

»Man muß ihn fertigmachen«, brummte Józef vor sich hin, aber so leise, daß der Onkel nichts verstand und nur mit den Achseln zuckte, weil Józef schon die Werkstatt verlassen hatte.

Zu Hause wurde Józef vom Vater erwartet, der stumpfsinnig in den Fernseher glotzte. Zu jener Zeit war er schon krank. Der Arzt sagte, er werde noch einige Zeit leben, aber nicht mehr allzu lange. Der Anblick des Vaters war für Józef sehr deprimierend. Noch nie zuvor hatte er die Sinnlosigkeit des Lebens so stark verspürt. Die Wohnung, in der er seine Kindheit verbracht hatte, nun ohne Mutter und mit einem Vater, der sich anmachte, erschien ihm unerträglich.

Er mußte zu einer Entscheidung gelangen. Er wußte, daß er nach dem Tod des Vaters nicht länger hier bleiben konnte. Daher beschloß er, das Geld für den zuschanden gefahrenen Wagen aufzubewahren, und dann, wenn der Vater gestorben war, Maria zu heiraten, einen Lieferwagen zu kaufen und aus der Stadt wegzuziehen. Er beschloß, eine eigene Firma auf eigenem Grund und Boden aufzumachen. Er würde um billiges Geld ein altes Haus kaufen und später ein neues hinstellen, so teuer, daß er es nie würde abbezahlen können.

Krzysztof riß sich aus seinen Gedanken. Tosiek hatte sie zum See gebracht. Am anderen Ufer waren die Fremden zu hören. Wie gewöhnlich überbrüllten sie betrunken die rhythmischen Schwingungen, die ihre Seelen läutern sollten. Geplätscher und Kreischen von Frauen. Das Zucken der Lichter drang bis herüber.

Keiner außer Krzysztof und dem Alten wußte von ihrer jüngsten Begegnung. Kaum war Tosiek weg, begannen sich die Jungen auszuziehen.

»Was macht ihr da?« sagte Krzysztof.

»Was schon? Wir wollen doch baden, oder?«

»Scheiß aufs Baden! Zieht die Hosen an!« befahl Krzysztof.

Sie gingen durch den Wald. In der Nacht schienen die Zweige der Bäume zum Leben zu erwachen. Sie zerkratzten die Gesichter der Burschen, und jeden Augenblick bekam einer von ihnen von einem Ast einen Schlag gegen die Stirn. Da sie zudem betrunken waren, bekamen sie einiges ab. Krzysztof befahl jedem, sich einen dicken Ast zu suchen. Ungefähr wie ein Baseballschläger. Dann hieß er sie plötzlich, ruhig zu sein. Offenbar begann ihnen etwas zu dämmern, und sie verspürten ein angenehmes Kribbeln im Magen.

»Na, Alter, jetzt ist Schluß mit der Weiberscheißerei!« Krzysztof sprang in die aus Sperrholz und Zweigen zusammengeflickte Hütte. Der Alte war da. Er saß bei einer Kerze am Tisch, als hätte er sie erwartet. Vor sich hatte er einen Teller mit zerkrümelten Brotresten stehen. In der Hand hielt er einen Metallbecher, und er sah gar nicht überrascht aus. Er blickte die Grünschnäbel ruhig an, die gekommen waren, um ihm den Kopf einzuschlagen.

Sie fühlten sich alle unbehaglich, außer Krzysztof. Der sah nichts mehr. Nur die Augen des Alten und ihre trüben Pupillen, die seine Gedanken verwirrten.

»Was willst du Alter!« Er riß sich rechtzeitig aus seinem abwesenden Zustand und ließ den dicken Stock kreisen. Der Schlag war kräftig und klang kurz. Als wäre etwas zu Boden gefallen. Dann fiel noch etwas. Der Körper des Alten. Bevor die Kerze verlöschte, sahen sie, daß vor ihnen ein alter Mensch lag. Dann wurde es wirklich dunkel. Sie wußten nicht, was sie tun sollten.

»Nichts wie weg!« rief Krzysztof, und der Schrecken schlug ihnen in die Gesichter. Kräftig und präzise. Sie drängten durch die Tür der Hütte. Sie waren wie betäubt von dem Schlag und wußten nicht recht, wie ihnen geschah. Draußen war es um nichts heller. Jetzt dachte jeder nur mehr an sich. Der Wodka hatte sich verflüchtigt, nun verspürten sie große Angst. Unterwegs verabreichten ihnen die Bäume wiederum eine ordentliche Tracht Prügel. Sie zerschlugen ihre Gesichter und ihre Selbstsicherheit.

Am nächsten Tag, gegen Abend, kam Staszek. Er fand den Alten. Auf der tiefen Kopfwunde saßen Fliegen. Staszek kannte diese Fliegen zur Genüge. Ein Knipsen mit dem Finger, und so eine Fliege zersplitterte in viele Teile wie eine Porzellanfigur. Als sei sie schon zu Lebzeiten zu Tode getrocknet worden.

Staszek gab sich Mühe, sich nicht aufzuregen. Er hatte die Situation im Griff. Was blieb ihm auch übrig, er hatte das lernen müssen, um leben zu können. Die Zuckungen blieben aus, und er verlor nicht das Bewußtsein. Er machte alles ganz langsam. Es schien ihm, er stehe abseits und sehe sich selber zu. Und er sah, wie er den Kopf der Blauen Madonna aufhob, den er dem Alten gebracht hatte, und ihn in seine Ledertasche steckte, und wie er dann die Schrift und das Heft mit den Ratschlägen für Krankheiten einsteckte.

Er wußte, daß er die Schrift und das Heft verbrennen würde. Er wußte, daß er den Kopf der Blauen Madonna auf dem verstümmelten Rumpf anbringen würde, und er überlegte, was ihn bewogen hatte, das nicht sofort zu tun, sondern den Kopf dem Alten zu bringen. Vielleicht hatte er geglaubt, der Kopf habe eine Bedeutung, die ihm der Alte erklären könne. Aber nichts dergleichen war geschehen. Er hatte ihm befohlen, den Kopf dorthin, in jene Ecke, zu werfen, und dort war er seit damals gelegen, mit starr blickenden, steinernen Augen.

In diesen paar Monaten hatte Staszek gesehen, daß der Alte in Wahrheit nicht viel mehr konnte als betteln. Daß seine Ratschläge aus dem alten Koffer einer Großmutter stammten. Daß seine einzige Außergewöhnlichkeit in seinem fortschreitenden Star bestand, der ihn am Sehen hinderte. Er hatte die Menschen nur deshalb so merkwürdig angeschaut, weil er sehen wollte, mit wem er sprach. Staszek machte das nichts aus, weil er sich dank dieser Entdeckung mit dem Alten hatte anfreunden können.

Jetzt war der Alte nicht mehr. Nur mehr sein Körper, steif wie ein Stück Holz. Unverständlich, weil es schwerfällt, etwas zu verstehen, was nicht atmet. Und sei es nur, weil es nicht atmet.

Staszek wurde vieles klar. Er mußte von hier weg. Er hatte dem Alten oftmals gesagt, daß er keinen Frieden finden könne. Der Alte hatte darauf geantwortet: Ab ins Kloster! Doch der Priester hatte Staszek seine mangelnde Bildung vorgehalten, und daß er im Kloster mit dem, was er im Kopf habe, höchstens für die Küche oder den Garten tauge … Doch was wollte er mehr? Das genügte doch. Ein für allemal und jedes Mal von Anfang an. Das genügte! Im Garten oder in der Küche oder in der Wäscherei … Mehr nicht. Mehr nicht! Mehr schon nicht mehr.

Er wußte nicht, was ihn verleitete, doch um sicher zu gehen, wollte er sich noch mit Alek beraten. In Wahrheit rechnete er nicht mit einer vernünftigen Antwort, doch er erinnerte sich, wieviel Alek ihm über die Welt erzählt hatte. Und das hieß, daß er so manches über das Leben wußte.

Er fand ihn wie üblich in der »Zagroda«. Hinter der Bar stand nicht mehr Frau Mariola. Sie wurde von einer anderen Frau aus der Siedlung vertreten. Wenn sie nicht Frau Mariola vertreten hätte, bräuchte man über sie kein Wort zu verlieren. Alek trank sich in letzter Zeit in einen traurigen Zustand. Er stellte zehn offene Flaschen dunkles Bier vor sich hin und hörte nicht auf zu trinken, bis alle geleert waren. Eben hielt er die siebente Flasche in der Hand. Die drei restlichen warteten geduldig, schlank wie Jungfrauen. Als Staszek ihm von seinen Plänen erzählte, versank Alek in Gedanken, und das dauerte eine Weile. Dann stammelte er:

»Die einen hauen ab ins Kloster, die anderen nicht!«, und er schlug mit dem Kopf gegen die Tischplatte.

Staszek verließ die Kneipe; an diesem Tag herrschte dichter Nebel. Wenn er sich aufmachen wollte, mußte er zuerst darin eintauchen, darauf vertrauend, daß ihn im Nebel nichts erwürgte. Die Entscheidung, die Menschen zu verlassen, wäre ihm nicht so schwergefallen, wenn er einen Beweis für die Existenz Gottes gehabt hätte. Denn wenn es Gott gab, dann würde er im Kloster, mit sich allein, nicht einsam bleiben, sondern die Vorsehung würde bei ihm sein. Doch wenn es Gott nicht gab, dann würde er, wenn er die Menschen verließ, ohne Halt sein, und das könnte sich als schrecklich erweisen. Mit sich allein, ohne Gott in seinem Inneren … und ohne Menschen …

Und wenn es Gott nicht gab, was war er dann für ein Mensch? Daher mußte es ihn geben, denn sonst ergab nichts von dem, was er in seinen Visionen gesehen hatte, einen Sinn. Dabei wußte er, daß es einen Sinn ergibt. Und er wußte, daß die Menschen ihn bloß daran hinderten, diesen Sinn herauszufinden. Aus diesem Grund gab es Gott. Es mußte ihn geben.

Er beschloß, in die Stadt zu gehen, obwohl er davor Angst hatte. Er versuchte ruhig zu bleiben, während er über die Straße ging, sich nicht der bedrohlichen Meute der Autos mitsamt ihren beängstigenden Geräuschen zu ergeben. Er mußte so rasch wie möglich in jene Toreinfahrt schlüpfen, deren Tor sich, als er mehrmals mit dem Messingklopfer daran pochte, öffnete – doch keiner schaute heraus. Staszek verspürte Erleichterung. So wenig Menschen wie möglich. So wenig wie möglich …

Erpressung und nicht nur

Nach tagelanger Abwesenheit tauchte Marcin Panek unvermutet wieder im Sägewerk auf. Er machte nicht den Eindruck, als wäre alles in Ordnung, denn es ließ sich nicht verbergen, daß alle seine Versuche, mit Firmen Kontakt aufzunehmen, Mystifikationen gewesen waren. In einer ersten Reaktion wollte Myśliwski ihn niederschlagen, doch er hielt sich zurück und spuckte nur aus dem Bürofenster. Panek ließ sich gemächlich im Fauteuil gegenüber Myśliwski nieder und lächelte breit.

»Na, Herr Myśliwski, wie steht's um die Gesundheit, und was macht Ihre Gemahlin? Irgendwie tut es mir direkt leid, daß Sie mich hinausgeschmissen haben wie einen Hund, dem man einen Tritt versetzt.«

Myśliwski preßte zwischen den Zähnen hervor, Panek sei schließlich aus eigenen Stücken nicht zur Arbeit erschienen.

»Ja, schon möglich.« Panek setzte wieder sein Lächeln auf. »Aber was war und nicht ist, das ist Mist«, fügte er irgendwie sinnlos hinzu. Genau dort hakte Myśliwski ein.

»Ganz im Gegenteil, Herr Panek, es ist, es ist! Es ist sehr wohl! Sie haben mich bestohlen, und Dieben verzeihe ich nicht …« Panek gab sich überrascht, und Józef konnte ein wenig Luft schöpfen, weil Panek wieder das Wort ergreifen wollte.

»Lieber Herr Myśliwski, ich hab über hundert Xeroxkopien von Papieren, aus denen eindeutig hervorgeht, wie viel Sie wem schuldig sind, und dabei handelt es sich nicht gerade um kleine Summen. Wissen Sie, ich könnte Sie fertigmachen … Ja, das könnte ich!« Panek schnalzte mit den Lippen.

Myśliwski kicherte leise in sich hinein.

»Ich könnte Sie wegen Diebstahl und Erpressung vor Gericht bringen, ich könnte Ihnen die Kumpane meines Sohnes oder ähnliche Typen auf den Hals hetzen. Aber ich erspare mir das, warum soll ich eine Laus wie Sie zerquetschen, wo in Wahrheit ohnehin schon alle von meinen Schulden wissen. Am meisten ärgert mich aber, daß mich Ihre absichtliche Faulheit in beruflichen Dingen in den Ruin getrieben hat. Wer nicht vorwärts geht, der macht einen Schritt zurück. Wenn Sie jemand dazu beauftragt hat, dann ist es Ihnen wirklich gelungen, wenn nicht, dann sind Sie das größte Arschloch, das es fertiggebracht hat, mich von seinen nicht existierenden Fähigkeiten zu überzeugen.«

»Sie unterschätzen mich, Herr Myśliwski, und Sie überschätzen sich selber«, sagte Panek ruhig. In diesem Augenblick warf Myśliwski ihm einen so vernichtenden Blick zu, daß er es mit der Angst zu tun bekam. Vielleicht tut er mir was an, so einem Bauern ist alles zuzutrauen; gewiß hat er gerade daran gedacht, weil er für einen Moment ausgeschaut hat wie einer, der so was denkt. Sein Gesicht wurde grau, und im linken Mundwinkel begann es zu zucken, wie als Ankündigung eines nervösen Tics, der sich in zehn Jahren zu einem chronischen Zittern entwickeln würde. Diesmal half noch tiefes Durchatmen.

»Schauen Sie, Herr Józef, Sie wissen noch nicht alles«, Panek wedelte übermütig mit der Hand. »Ich weiß alles von Ihnen, Sie aber wissen zum Beispiel nicht, daß ich Pasiekas Taufkind bin, ja, ja, von eben jenem Pasieka, vielleicht wird Sie das ein wenig verwundern, aber heutzutage muß jeder schauen, wo er bleibt, und Pasieka schaut darauf, und ich schaue auch darauf, Sie aber nicht, weil Sie den Menschen vertrauen, hm, hm, wie jener Esel.«

Myśliwski wußte längst, daß er verloren hatte, obwohl er sich gar nicht auf ein Spiel eingelassen hatte. Nun stellte sich jedoch heraus, daß er in dieses Spiel hineingezogen wurde, und zwar nicht als Bauer, der nichts zu sagen hat, sondern als Hauptfigur, die man schlagen muß, um zu gewinnen. Er spürte, daß er jetzt auf dem Schachbrett lag, die Seite zerschrammt vom Sturz, wie ein hölzerner Kasper.

»Und ich habe tatsächlich geglaubt, ich würde Ihnen helfen.« Er konnte sich nicht beruhigen und sagte einfach irgend etwas, um Zeit zu gewinnen. Eigentlich nur eine Dummheit.

»Sie haben mir ja auch geholfen, sehr sogar, ich habe den Glauben an mich selber wiedergefunden, daß ich doch etwas zustande bringe und der Familie nützen kann; dafür wird mich mein Taufpate belohnen. Vielleicht bekomme ich Ihr schönes Haus, vielleicht auch das Sägewerk, das wäre auch nicht schlecht?« Er zwinkerte Myśliwski schelmisch zu, und Józef sah sich schon zu ihm hinspringen und gegen den aufgeblasenen Schädel treten, so zum Training, und Paneks Kopf würde, die Spuren der Schuhsohle im Gesicht, in den Papierkorb fliegen, in dem die zusammengequetschten Bierdosen lagen, zusammen mit den zu formlosen Kugeln geknüllten Xeroxkopien der Fakturen. Die süßliche Stimme Paneks riß ihn aus seinen Gedanken.

»Glauben Sie mir. Ich habe wirklich nur das Beste gewollt, aber irgendwie ist es schlecht ausgegangen.« Er verzog das Gesicht – es hatte den Anschein, als wolle er sich ganz offen lustig machen. »Jetzt aber gibt es kein Zurück mehr. Sie schulden mir viiiiel Geld. Schließlich hab ich viel für Sie getan. Für die paar Bestellungen haben Sie mir noch nichts bezahlt«, sagte er und kicherte unverschämt.

Myśliwski war so verblüfft über Paneks Worte, daß er kurz überlegte, ob er sich verhört hatte. Blitzartig sah er eine Situation aus seiner Jugend vor sich, als er noch mit seinem Vater Fernsehantennen aufgestellt hatte. Manchmal hatten sie mit sehr lästigen Kunden zu tun, da paßte dieses nicht, und jenes war nicht in Ordnung, die Antenne war schief, und vorher war es wohl besser gewesen und überhaupt ... Einmal beschimpfte ihn einer sogar, und weil Józef an diesem Tag gerade einen Kater hatte, überschüttete er den Trottel mit Flüchen und ließ die Arbeit halbfertig liegen. Natürlich ging der Kerl zum Chef der Abteilung, um sich zu beschweren, doch der Chef war Józefs Vater. Der Kerl wiederholte, daß dieser Mitarbeiter ihn einen Schwanz genannt hatte, worauf der Vater sich langsam erhob und ganz ruhig zu ihm sagte: »Verschwinden Sie von hier!« – »Wie, was?« fragte der Kerl überrascht und wich zur Tür zurück. »Sie sollen von hier verschwinden!« wiederholte der Vater ganz ruhig. »Das sage ich dem Direktor, ich werde alles dem Direktor sagen, wie man hier behandelt wird!« schrie der Kerl beim Weggehen. Und natürlich wurde der Vater nach einiger Zeit zu einem freundlichen Gespräch zum Direktor gebeten, wie die Sekretärin, Frau Gienia, das nannte. Der Direktor fragte den Vater ohne Umschweife, ob es zutreffe, daß er und sein Sohn einen Kunden so behandelt hätten, und an dieser Stelle wiederholte der Direktor, was ihm der Kunde vorher gesagt hatte. Der Vater war empört: »Herr Direktor, können Sie wirklich glauben, daß ich so etwas zu einem unserer Kunden sagen würde?« – »Aber natürlich nicht, Herr Myśliwski«, atmete der Direktor erleichtert auf. »Um die Wahrheit zu sagen, Herr Myśliwski, ganz unter uns, dieser Kunde ist wohl ein wenig, na ja, so«, dabei dämpfte der Direktor seine Stimme und zeigte mit dem Finger auf die Stirn, um zu bedeuten, daß dieser Kerl ein wenig, na ja, so war. »Stellen Sie sich vor, Herr Myśliwski, der Kerl kommt, ohne sich anzumelden, zu mir hereingestürmt, brüllt wie am Spieß, bis ihm der Schaum vor dem Mund steht, Frau Gienia mußte ihm ein Beruhigungsmittel verabreichen, er hat mich eine Stunde meiner Zeit gekostet! Ich hab mir gleich gedacht, daß er ein wenig, na ja, so ist«, und er wiederholte die Bewegung mit dem Finger gegen die Stirn. »Herr Direktor, meinem Sohn und mir schien es gleich so, daß er ein wenig, na ja, so ist«, sagte Józefs Vater, die Bewegung des Direktors nachahmend, womit er dessen psychologischen Tiefblick bestätigte.

Diese Episode kam Myśliwski in den Sinn, als er Panek nun vor sich sah, der sich im Bürofauteuil zurechtrückte, als hätte ihn etwas in den Rücken gestochen.

»Sie drohen mir mit Papieren, die Sie für geheim und sehr wertvoll halten«, sagte Myśliwski ruhig. »Die können Sie sich in den Arsch schieben! Ich bin so oder so erledigt. Ich hab keine Lust mehr. Ich hab schon zuviel Kraft vergeudet. Und jetzt hauen Sie ab, denn das hier gehört immer noch mir!«

Marcin Panek erhob sich. Er gab Józef nicht die Hand, die dieser ohnehin nicht genommen hätte. Am liebsten hätte Józef hinter sich ausgespuckt, wenn er an das Böse geglaubt hätte. Als Panek weg war, überlegte Józef, ob er überhaupt da gewesen war. Er konnte es nicht mit Sicherheit sagen, und da war niemand, der ihm dabei hätte helfen können.

Mutter und nicht nur

Vielleicht war das dumm, aber nicht für eine Mutter. Maria fuhr mit einer Bittschrift durch die Umgebung und die Kolchosensiedlungen, damit die Leute unterschrieben, daß Krzysztof unschuldig und immer brav gewesen war und nie jemandem etwas zuleide getan hatte. Unterschreiben wollte keiner, weil das eine Lüge war. Doch alle unterschrieben. Schließlich war Maria Myśliwskis Frau und Krzysztof sein Sohn. Myśliwski konnte immer noch etwas bewegen, der Alte hingegen war tot und konnte nichts bewegen.

Maria fuhr sogar zu den Bekannten in die Stadt und bat um ihre Unterschrift. Sie unterschrieben ebenfalls. Es war nicht so, daß sie ihr geglaubt hätten, aber sie weckte ihr Mitleid. Wir wissen, wir wissen, wir verstehen schon, schließlich ist er dein Sohn und so …

Myśliwski ging anders vor. Er wußte, wen er kaufen mußte, und weil er immer noch etwas Geld auf der hohen Kante hatte, waren seine Aktivitäten von Erfolg gekrönt. Dank dieses Geldes sperrten sie Krzysztof nicht ein. Die Burschen aus seiner Gruppe wurden als Zeugen vorgeladen. Auch sie wurden von Myśliwski geschmiert. Sie sagten aus, Krzysztof habe in Notwehr zugeschlagen. Der Alte sei ja bekanntlich nicht ganz richtig im Kopf gewesen, und als sie in seine Hütte gekommen seien, habe er sich mit dem Messer auf sie gestürzt. Wenn nicht Krzysztof gewesen wäre, hätte es eine Tragödie gegeben. Im übrigen wisse das hohe Gericht ja, wie das gekommen sei …

Die Aussagen waren reichlich dick aufgetragen, aber sie wurden akzeptiert. Krzysztof mußte die paar Monate absitzen, die die Verhandlung dauerte. Nach dem Urteil war er wieder weiß wie eine Lilie. Wenn Myśliwski gewollt hätte, hätte er noch eine Entschädigungsklage wegen des moralischen Schadens anstrengen können, den sein Sohn wegen der ungerechtfertigten Anschuldigung davongetragen hatte. Aber er hatte die Nase voll von dem Ganzen und begnügte sich damit, daß sie Krzysztof freiließen.

Vielleicht war das dumm, aber nicht für eine Mutter. Maria hatte beschlossen, Krzysztof beim nächsten Besuch ein Glas Erdbeermarmelade mitzubringen. Die hatte er immer gern gehabt, und sie wußte, daß er sich darüber freuen würde. Die Marmeladen bewahrte sie im Keller auf.

In den Keller ging man über Betonstufen ohne Geländer. Licht gab es keines. Maria stolperte und schlug schwer mit dem Rücken auf die kantigen Stufen auf. Den Schmerz verspürte sie nur für einen Moment. Dann rutschte sie kraftlos hinunter.

Sie wußte nicht, wie lange sie unten gelegen hatte. Gut, daß sie einen warmen Schlafrock trug. Sonst hätte der kalte Betonboden ihren Körper tödlich auskühlen lassen. Maria schaute nach oben. Sie sah die dunkle Decke, eigentlich bloß dichte Schwärze, so daß man sich nur schwer den Himmel darüber vorstellen konnte. Sie konnte weder Beine noch Arme bewegen. Eine Zeitlang rief sie nach Hilfe, doch dann verließen sie die Kräfte. Sie verlor die Besinnung und versank in einen kurzen Schlummer. Traumbilder gaukelten durch ihren Kopf. Am Ende schälte sich aus diesem Wirrwarr eine Erinnerung heraus. Sie klammerte sich an sie und gab sich große Mühe, daß sie nicht von krankhaften Visionen verdrängt wurde.

Sie erinnerte sich an die Nächte mit Józef und dem kleinen Krzysio, als sie noch zusammen in einem Bett geschlafen hatten. Krzysio hatte sich an ihre Brust geklammert und alle Augenblicke die Decke abgestrampelt. Und Józef hatte sie im Schlaf sorgsam immer wieder zugedeckt. Und er hatte sich nie daran erinnert, obwohl er jedes Mal, wenn die Decke von ihr und dem kleinen Krzysio rutschte, aufwachte und sie zudeckte. Sie konnte sich auch nie daran erinnern, wie Krzysio die Brust verlangt hatte, und doch hatte sie sich auf die linke Seite gedreht und ihm die linke Brust in den Mund gestopft, und zwar deshalb die linke, weil er sicher zuletzt aus der rechten getrunken hatte ... Das aber hatte sie nicht gewußt, sondern sie hatte gespürt, daß es so gewesen sein mußte. Der kleine Krzysio hatte automatisch den Mund aufgesperrt, und auch er hatte nicht gewußt, warum, sondern bloß gespürt, daß er das tun mußte. An keine dieser Nächte konnte sie sich erinnern. Jetzt aber erinnerte sie sich daran. Sehr genau und ganz deutlich. Sie dachte die ganze Zeit über an die Nacht, die ihr durch den Kopf ging. Sie spürte, daß ihr das die Kraft gab, um diese zwölf, vierzehn Stunden im Keller auszuharren.

Schließlich fanden sie sie. Obwohl sie anfangs gar nicht nach ihr gesucht hatten. Józef war hungrig nach Hause gekommen, aber da stand kein Essen auf dem Tisch. Verärgert begann er zu suchen. Später rief er Tosiek zu Hilfe. Dann fanden sie sie. Einer von ihnen hörte Stöhnen aus dem Keller. Es stand schon sehr schlecht um sie. Etwas stach Józef ins Herz.

Als Krzysztof den Arrest verließ, spuckte er verächtlich in Richtung des Wächterhauses. Jetzt war er wieder ein harter Bursche. Die Angst hatte er hinter sich gelassen. Er war wieder mutig. Bereit, seine Botschaft zu verkünden. Nein, solche wie er veränderten sich nicht. Nun, vielleicht für einen kurzen Moment, aber mehr nicht. Und auch nur dann, wenn es nötig war. Wenn es nicht mehr nötig war, dann waren sie wieder sie selber.

Der Vater erwartete ihn. Er saß noch am Steuer seines

Mercedes und rauchte nervös eine Zigarette. Er hatte nie geraucht. Als Krzysztof ihn sah, fühlte er sich ganz klein, dann aber spuckte er aus und gewann die Selbstsicherheit zurück.

Während der ganzen Fahrt sprachen sie nicht miteinander. Als sie an der Kapelle der Blauen Madonna vorbeikamen, machte Józef eine Kopfbewegung in Richtung der Figur, und Krzysztof sah, daß die Madonna wieder ihren Kopf hatte. Sie schaute traurig auf die Straße, und ihre Augen waren, als wären sie nicht aus Stein. Erst als sie beim Sägewerk waren, sagte Józef:

»Du weißt, daß es der Mutter schlechtgeht?«

»Was du nicht sagst?!« schnaubte Krzysztof. »Und den Wagen, wann nehmen sie dir den weg?«

Józef sagte nichts auf diese Frechheit.

Maria saß im Rollstuhl und schaute traurig auf die eintretenden Männer. Es hatte sich herausgestellt, daß sie sich bei dem Sturz einen Rückenwirbel gebrochen hatte. Von den Hüften abwärts war sie gelähmt. Man wußte, daß sie ihr restliches Leben im Rollstuhl zubringen würde. Józef schien es, als habe er etwas übersehen. Er wußte nur nicht, was. Für Marias Pflege besorgte er die beste Krankenschwester aus der Stadt. Er bezahlte ihr die tägliche Fahrt mit dem Taxi. Die Krankenschwester war nicht besonders hübsch, und trotzdem hatte Józef Lust auf sie, aber irgendwie verging ihm die von selber. Das war ihm noch nie zuvor passiert.

Krzysztof sah die Mutter zum ersten Mal nach dem Unfall. Ihm wurde heiß, und er begann am ganzen Leib zu schwitzen. Er verstand nicht, was in ihm vorging, er war einer Ohnmacht nahe. Das ist wohl die Erschöpfung, versuchte er es sich zu erklären, doch der Gedanke begann panisch zu flattern, und er spürte, daß es nicht der Wahrheit entsprach. Maria streckte ihm die Hände entgegen. Er konnte sich nicht erinnern, daß er ihr je gehorcht hätte. Doch diesmal mußte er sie umarmen. Als er das tat, erschien sie ihm in seinen Armen so zart und klein, daß er sie hätte zerquetschen können, wenn er fester gedrückt hätte. Er begriff, wie schwach sie war, und fühlte sich unwohl. Als er spürte, daß die Mutter weinte, begann er mit ihr zu weinen.

Während er vor ihr kniete, spürte er die Stille, die ihn stets umgeben hatte, wenn er sich an die Mutter schmiegte. Er erinnerte sich, wie zärtlich sie ihm vor dem Einschlafen über den Kopf gestreichelt hatte, an ihre Stimme, die aus der Küche rief, an ihr Weinen, irgendwo still in einer Ecke. Dieses Weinen hatte ihn immer wütend gemacht. Wie das? Warum? Wegen ihm? Wegen dem Vater? Weil sie da waren? Er spürte ein angenehmes Kratzen am Kopf. Der Vater hatte ihn zwanzig Jahre zuvor mit seiner unrasierten Wange berührt. Der Vater war ein Weltmeister. Er konnte alles. Er spielte wie kein anderer mit ihm Schinkenessen. Dann biß er ihn in den Bauch und den Hals, in die Ohren und die Fußsohlen, aber so vorsichtig, daß es angenehm kitzelte.

Józef starrte wie verwandelt auf den knienden Sohn, dabei wollte er gar nicht hinschauen. Er sah den kleinen Krzysio in ihm, der eben erst gehen gelernt hatte. Die Windel zwischen den Beinen war dabei nicht gerade hilfreich, und der überproportional große Kopf zog ihn zur

Seite. Was hatten sie gelacht! Józef glaubte sich zu erinnern, daß damals ständig die Sonne geschienen hatte, sein Sohn und seine Frau hatten ihm gereicht für sein Glück. Er glaubte zu wissen, daß er damals oft gelacht hatte, obwohl die Zeiten schwer gewesen waren und sie nichts gehabt hatten, außer einander. Es war gefährlich, sich daran zu erinnern. Gefährlich. So viele Jahre hatte er nicht daran gedacht, und jetzt sah er in dem knienden Mann den winzigen Krzysio, der konzentriert aus Marias Brust die Milch saugte, die aus ihrem Blut und Leib entstand. Er sah, wie Krzysio wollüstig schmatzte und wie Schweißtropfen über das kahle Köpfchen rollten. Und Józef wischte das Köpfchen mit einer frischen Windel ab, und Maria lächelte ihm zu. Dieses Lächeln freute ihn, sie küßten einander, und dann faßte Krzysio mit dem Händchen nach seiner Nase und zog daran. Józef spürte, wie in seinem Körper die Knochen hart wurden, wie der Leib elastisch wurde und der Atem gleichmäßig und gesund.

Er mußte ins Sägewerk. Er verließ den Sohn und Maria. Sollten sie für sich sein. Er störte bloß.

Im Sägewerk lagen gleich geschnittene Bretter; Józef fühlte, daß sie genauso tot waren wie er selber. Scheinbar hatte sich nichts verändert, und doch hatte sich alles verändert. Józef ahnte, daß er keine Ruhe finden würde. Bisher hatte er sich der Illusion hingegeben, seine Frau, später der Sohn, schließlich das Sägewerk, Geld, Weiber würden ihm helfen ... Aber nichts dergleichen war geschehen. Je mehr er von allem besaß, desto weniger Ruhe fand er. Auch ein Zuviel an Dingen und Ereignissen konnte trügerisch sein. Das alles lieferte nicht die Sicherheit, nach der es ihn so sehr verlangte.

Das Holz duftete für ihn nicht mehr. Die Wespennester, die in den Holzstapeln gebaut wurden, ärgerten ihn nicht mehr. Früher einmal hätte er angeordnet, die Nester zu zerstören, jetzt aber schwirrten ihm die Wespen um die Ohren, ohne daß ihn das kümmerte.

Vor ihm stand seine geliebte Maschine; tot wie das Holz, das sie durch ihre eisernen Kiefer führte. Er hatte sie gebraucht in Deutschland gekauft. Stolz war er einst auf sie gewesen, jetzt war ihm alles gleichgültig. Die unbezahlten Kredite zerfraßen ihm die Leber. Die Frauen, die er gehabt hatte, nahmen ihm das Verlangen. Alles, was gewesen war, hörte auf zu sein und löste sich auf. In Wahrheit war er ständig mit sich allein. Dazu hatte er sich nie bekannt. Jetzt verstand er es.

Vielleicht war das dumm, doch wenn er sein Sägewerk vor sich sah, dachte er an die Schulden. Seit Pasieka das Sagen hatte, wandten sich Józefs Bekannte von ihm ab, oder sie hatten ihre Posten verloren, oder sie brauchten selber Hilfe. Dazu kam noch Panek, dieser kleine Drecksack, der sich als großer Drecksack entpuppt hatte!

Józef erhielt ein Schreiben von der Bank, das für den nächsten Tag den Exekutor ankündigte, eine andere Bank schrieb, daß eine Woche später der nächste kommen würde. Nach dem ersten würde wohl nicht mehr viel für den zweiten übrigbleiben. Zusätzlich drohten ihm hohe Strafen vom Finanzamt. Er brauchte nur das Kuvert zu öffnen, um zu lesen, wieviel er bezahlen mußte. Verfluchte Lausebande! Nicht alle natürlich, nicht alle waren solche Blutsauger, aber er wunderte sich, daß es Leute gab, die scharf waren auf solche Berufe wie Exekutor, Inspektor des Finanzamtes oder ähnliche.

Über alles das dachte Józef nach. Nächtelang schlief er nicht. Schließlich traf er eine Entscheidung. Einen Schwanz werden sie bekommen! Das Sägewerk hat er nicht aufgebaut, um es jetzt herzugeben. Er hatte keine Kraft mehr für weitere Winkelzüge. Er wird alles niederbrennen, verdammte Fut! Ihm wird kein Mafioso vor seinen Fenstern Holz schneiden.

Er spürte bereits den scharfen Geruch des Benzins, sah das plötzliche Aufflammen der Explosion. Das Feuer verschlang die schwarzen Skelette der Bretter. Dieses Bild schrie, als wären Menschen in ihm. Das brennende Holz bewegte sich, obwohl das die Bewegungen des Feuers waren. Nach einiger Zeit kamen die Feuerwehren. Aus der Stadt und aus der Umgebung. Sie spritzten und fragten, wer so etwas tun könne. Józef stand nur und schaute, wie schön das war: die mörderische Reinheit des Feuers, dessen Zungen sich nicht dem Pathos der Worte hingeben, die ständig alles beschreiben wollen. Das Feuer war das einzige Element, das nicht durch die Beimischung eines Fremdkörpers versaut wird. Mit unzähligen Stacheln stechend, die so tun, als wären sie ein einziger Körper. Eigentlich ein Schmarotzer, der das Wesen verstört, zu dem er alles immer auf dieselbe Weise verzehrt – zu Asche.

Bis zum Haus war es zu weit für das Feuer, obwohl die Flammen die Scheiben erhitzten. Die Luft wurde dicker. Die Temperatur ließ alles schmelzen. Zum Glück schwappte das Feuer nicht über das Gelände des Sägewerks hinaus. Die Polizei kam. Dieselben Fragen. Wer konnte das getan haben? Feinde habe ich viele, antwortete Myśliwski. Alle! Alle konnten das getan haben? Viele … Namen? Es sind so viele, daß ich sie gar nicht nennen will.

Józef sah das alles und stammelte vor sich hin. Er hatte dabei das Gefühl, als versinke er langsam im Wasser.

Wasser und nicht nur

Sękowiaks Söhne betrachteten die Badenden mit sichtbarer Ablehnung: städtische, gutgenährte Körper, die vom Wasser glänzten, so daß man meinen konnte, von den Körpern rinne der Schweiß in Bächen. Die Burschen lachten, und die Frauen kreischten hysterisch. Je betrunkener sie waren, desto lauter wurden sie. Männer mit zum Bersten prallen Bäuchen tranken Bier und rülpsten. Sie standen bis zu den Knien im Wasser, und von Zeit zu Zeit drückte einer, der nicht ganz so träg war, eine Bierdose zusammen, warf sie ins Gebüsch und ließ sich mit einem dumpfen Platschen ins Wasser fallen. Arme und Beine arbeiteten mühevoll. Der verfettete Körper wurde nach unten gezogen.

Unten sah man den dunklen Grund. Oben war der Himmel, der in den gekrümmten Wasserspiegel tauchte. Je tiefer man taucht, desto mehr ändern sich die Bezugspunkte. Man kann mit den Beinen oben sein und gleichzeitig unten. Der Körper vergißt seine Rolle. Vielleicht kann sich der Kopf noch daran erinnern. Er ist die Nabelschnur, die einen mit der Welt verbindet. Im Kopf das

Gehirn, das seiner selber nicht mehr sicher ist. Etwas ist nicht in Ordnung, weil man sich zu heiter, zu angenehm, zu leicht fühlt. Es kann nicht normal sein, daß alles wunderbar ist. Man muß flüchten, obwohl man eigentlich gar nicht mehr flüchten möchte. Der Lebenswille stößt einen automatisch in die Richtung, wo es hell ist. Durch einen schmalen Spalt schleudert er uns hinaus in den ersten Atemzug, und hustend erleben wir das Ende der Sorglosigkeit. Die Zeit steht nicht mehr still. Und es dreht sich uns alles im Kopf.

Der See, in dem die Fremden badeten, war von Sękowiaks Hof aus zu sehen. Durch den Hof rannten Hühner, die überall hinschissen. Vom Stall her stank es nach ungewaschenen Kühen und Schweinen. Doch der Baum, unter dem Sękowiak saß, war schön. Er warf einen kühlen Schatten auf den Tisch, auf dem eine Flasche stand. Die hatte Alek gebracht.

»Mamalein! Bring uns Gläser!« rief Sękowiak in Richtung der Eingangstür, vor der ein mit Sonnenblumen bestickter Wollvorhang hing.

»Willst du schon wieder trinken?« Eine gebeugte Alte stellte zwei Gläser neben die Flasche.

»Ach, Mamalein, du schimpfst nur ständig«, seufzte Sękowiak verärgert. »Das Bein gibt keine Ruhe, was soll ich denn machen?« Er griff sich an die Hüfte. Seit einigen Monaten tat ihm das Bein empfindlich weh. Er legte das Bein auf den Hocker, der neben dem Tisch stand.

»Du solltest in die Stadt gehen, um dich operieren zu lassen«, sagte die Mutter.

»Operieren, Hurerei!« Sękowiak starrte die Frau mitleidig an. »Mamalein, komm du mir nur nicht mit diesem, eh schon wissen …«, er wandte sich zu Alek und beugte sich zur Flasche vor. »Ich muß trinken, weil es dann nicht weh tut. Ich hab alles genau geplant. Die Brüder machen sich ein gutes Leben bei den Piefkes, und wenn das Bein nicht aufhört, weh zu tun, dann laß ich mich operieren. Was meinst du? Nicht wahr? Warum nicht? Bevor dort etwas verfault, laß ich das machen, ich bin ja nicht so blöd, daß ich das nicht machen würde«, er hob das Glas in Aleks Richtung und stürzte es hinunter.

»Uff! Gut!«

Alek spuckte vor seine Füße. Er spuckte immer aus nach dem Wodka.

»Ich hab alles geplant«, fuhr Sękowiak fort. »Mit den Brüdern hab ich schon geredet. Ich bestell bei ihnen einen Rollstuhl mit Motor und Lenker, weißt du, mit einem Schaltknüppel, und dann fetz ich damit bei den Touristen herum, daß es staubt! So ein Wunderwerk kauf ich mir! Nicht so was wie der«, er nickte in Richtung See, als wolle er mit seinen Gedanken übers Wasser springen, »dem es leid ist ums Geld für seine Frau …«

Alek schaute auf den See. Irgendwie hatte er keine Lust zu sprechen. Der Schluck Wodka schwappte wohlig im Magen herum.

»Obwohl ich meiner Alten auch nichts abgebe«, sagte Sękowiak leise. »Wenn sie alles wüßte, würde ich schön schauen, dann würde es mir schlecht ergehen … Aber diese Hexe arbeitet ja sowieso nichts, sie treibt sich nur im Dorf herum … Ich hab's mir gut eingerichtet!« Den letzten Satz sagte er laut und lehnte sich dabei auf der

Bank zurück, wobei er die Arme auf die Lehne legte. Aus dem Unterhemd quoll ein fetter Bauch.

»Die Touristen kommen haufenweise, da hab ich ihnen erlaubt, Ferienhäuser aufzustellen, warum nicht? Sie scheißen? Da haben sie sich halt ein Scheißhaus gebaut. Sie verdrecken den See? Über den Winter wird er schon wieder sauber werden. Was kümmert's mich? Wichtig ist nur, daß sich was tut, hab ich recht?« krächzte er, Zustimmung heischend. »Am Feld brauch ich nicht mehr zu arbeiten, weil ich genug hab. Und wenn es eng wird, dann mach ich einen Rundgang und werd überall begrüßt. Hier ein Bierchen, Herr Meister, und vielleicht ein Gläschen, warum auch nicht, hab ich recht? Und übrigens sind da noch ein paar Bäume für den dort«, er deutete mit dem Kinn auf den See, aber so, als wolle er etwas zeigen, was jenseits des Sees lag. »Die kann man noch immer umschneiden«, brummte er. »Wenn nur nicht das Bein ...«

»Wird's schlimmer?« Alek schenkte die nächste Runde ein.

»Der Schwanz soll es holen!« Sękowiak beobachtete gierig jede Bewegung Aleks. »Schlimmer ist, daß sich der Dorfvorsteher aufregt, daß die Häuser und Scheißhäuser zu nahe am See sind und angeblich die Umwelt verdrecken ... Es paßt ihm nicht, daß jedes Haus anders ausschaut und daß die Scheiße angeblich den Boden vergiftet ... Er hat irgendwelche Dokumente, und ich soll alles niederreißen, weil er sonst zum Gemeindevorsteher geht, und dann macht das die Gemeinde. Weißt du, was ich darauf sage? Einen Schwanz werdet ihr niederreißen! Das ist mein Grund und Boden, und ich kann damit machen, was ich will, und keiner wird ihn ohne meine Erlaubnis betreten, hab ich recht? Das ist, Hurerei, privater Boden, hab ich recht?!«

Im See planschten Leiber. Fliegen schwirrten um ihre Köpfe. Alek nahm seinen Hut aus Amerika ab und legte ihn auf den Tisch. Von Zeit zu Zeit grunzte im Stall ein Schwein, die Kühe aber schwiegen, weil der älteste Sękowiak sie am Morgen auf die Weide geführt hatte. Die beiden Männer fühlten sich träge. Der Wodka in der Halbliterflasche wurde zusehends weniger.

»Und hab ich dir gesagt, daß mich sogar Pasieka gelobt hat wegen der Bewirtschaftung des Ufers, wie er das genannt hat, oder so ähnlich?« sagte Sękowiak verträumt schmatzend. »Er war hier, und am besten haben ihm die Ferienhäuser gefallen. Er sagte, ich brauche vor keinem Angst zu haben, weil ich gut wirtschafte und die Leute nur neidisch sind. Wir haben sogar ein bißchen zusammen getrunken. Er sagte, solche wie ich seien die Zukunft der Nation. Ich hab ihm ...«, er sah Alek ernst an, der sich für das alles nicht besonders zu interessieren schien, was Sękowiak störte.

»Obwohl ich selber nichts hab«, sagte Sękowiak, »hab ich ihm einen Tausender gegeben. Der Pasieka ist schon in Ordnung. Ich weiß, daß er sich nach den Wahlen erkenntlich zeigen wird. Er wird es ganz sicher zurückgeben, und mit Zinsen, hat er gesagt ...«, Sękowiak brach plötzlich ab, weil er meinte, es sei vielleicht besser, nicht weiterzureden.

»Weißt du, daß er zuletzt in der Stadt war?« nahm Alek das Thema auf.

»Wer?«

»Na, der Pasieka.«

»Aha, und?«

»Er hat eine Wahlveranstaltung in einer Diskothek abgehalten, die der Mafia gehört.«

»Wer hat dir das erzählt?«

»Michał.«

»Michał ist rauschgiftsüchtig, der weiß einen Scheißdreck.«

»Möglich«, Alek zuckte mit den Achseln.

Sie saßen schon eine Weile da, und nur die Insekten summten, und die Schweine im Stall grunzten in ihren Trog. Irgendwo in der Ferne war eine Säge zu hören, aber das war mit Sicherheit nicht das Sägewerk von Myśliwski. Alek schwieg. Das paßte Sękowiak nicht. Er redete gern. Er mußte reden. Das Reden wies ihm seinen Platz in der Welt zu. Wenn er nicht redete, mußte er etwas tun – es war nicht so, daß er besonders fleißig gewesen wäre, aber er mußte etwas tun, und sei es trinken. Und seit die Beschwerden mit dem Bein begonnen hatten, mußte er entweder reden oder trinken, und am besten, wie jetzt, sowohl trinken als auch reden.

»Und wie ist es bei dir?« fragte er Alek, der die Schultern hob und den letzten Schluck in die Gläser goß.

»Sie sagen, daß diese Mariola dir irgendwie ... Sie ist nicht schlecht, was?«

»Sagen sie das?« fragte Alek nach einer Weile. Er hatte sich eine Zigarette angezündet.

»Weißt du ... so irgendwie«, Sękowiak wußte nicht recht, wie er es ausdrücken sollte. Solange er über sich selber sprach, wußte er, was er zu sagen hatte, aber wenn er über jemand anderen sprechen sollte, wurde er im selben Moment blöd im Kopf. »Na, aber deine Mariola kann einpacken. Die Burschen hören auf zu trinken und sparen ihr Geld auf für die Huren.«

»Was du sagst?« Alek nickte. »Ohne Trinken halten sie es nicht lange aus«, murrte er.

»Und Ficken, ist das vielleicht nichts? Dazu kommt, daß die Mädel jung sind und unsrige, und es kümmert sich jemand um sie, bequeme Zimmer, und teuer sind sie auch nicht«, Sękowiak leckte sich die Lippen, weil er sich offenbar etwas vorstellte.

»Na ja, ich weiß. Angeblich ist die Tochter von dem, wie heißt er noch, na der …«, Alek konnte sich den Namen Marian Zygmunts nicht ins Gedächtnis rufen.

»Ich geh nicht zu euch, ich weiß es nicht«, unterbrach ihn Sękowiak. »Früher einmal sind wir zu euch in die Siedlung gegangen, mit den Burschen, zu Mariola, da haben wir uns dann mit denen aus der Siedlung mit Pflastersteinen beschmissen, wir haben wohl zehn Quadratmeter Steine herausgerissen, und Blut ist geflossen«, sagte Sękowiak verträumt. Er wurde immer verträumt, wenn er von einer Schlägerei erzählte. Der letzte Schluck Wodka machte ihn so duselig, daß er laut in Richtung der Eingangstür brüllte:

»Mamalein! Mamalein, bring den, na du weißt schon, was! Dort in der Speis!«

Die Mutter kam mit einer Literkanne, auf deren Boden ein Rest Selbstgebrannter schwappte.

»Ach, da ist ja noch ein wenig drin!« rief Sękowiak erfreut.

»Mußt du so viel trinken? Dein Bein … Wenn Andzia davon erfährt …«, zankte die Mutter.

»Andzia, Andzia! Andzia treibt sich mit ihren Freundinnen herum!«

»Dieses Trinken ist nicht gut für dein Bein …«, die Mutter versuchte Sękowiaks Ausgelassenheit zu dämpfen, der den Selbstgebrannten bereits in die Gläser goß.

»Mamalein, du mach mir, Hurerei, keine …!« Die Erwähnung des Beines machte Sękowiak zornig.

»Aber …«

»Mamalein, noch ein Wort, und ich!«, sagte Sękowiak ganz ruhig, und er vollendete den Satz nicht, weil die Mutter sich schon hinter den Wollvorhang zurückgezogen hatte.

»Ich muß mich ausbrunzen!«, sagte Alek.

»Brunz, wo du willst.«

Alek ging aus dem Hof hinaus und stellte sich an die Stallwand. Die Zweige und Blätter eines Fliederbusches verdeckten ihn. Der intensive Duft der kleinen Blüten vermischte sich mit dem scharfen Geruch der Hühnerscheiße und Aleks Pisse, den seit einiger Zeit etwas zu bedrücken schien. Er trank in letzter Zeit viel. Eigentlich die ganze Zeit. Er kam auf keinen grünen Zweig mit Frau Mariola, die ihm wirklich gut gefiel. Seit dem Vorfall mit diesem jungen Burschen, der zu einem schwarzen Streichholz verglost war, war sie irgendwie seltsam geworden. Es kam vor, daß die Kneipe am Sonntag geschlossen war. Gerade wenn der größte Betrieb herrschte! Früher hatte es das nie gegeben.

Alek führte private Nachforschungen durch, aber keiner sagte, daß Frau Mariola Seitensprünge machte. Sie war rein und unschuldig wie nie zuvor. Sie traf sich nicht einmal mit Myśliwski. Das war gut. Das war sehr gut.

Aber davon hatte Alek nichts. Weil jetzt keiner eine Chance bei ihr hatte, zählte auch er nichts. Noch dazu machte sie nichts anderes, als in die Kirche und noch einmal in die Kirche zu rennen. Früher war sie nie in die Kirche gegangen, aber jetzt ging sie dauernd.

Natürlich ging sie nicht in die hiesige Kirche. Seit dieser Feschak von Pfarrer, der als Model hätte arbeiten können, sie von der Kanzel herunter verdammt hatte, betrat sie die hiesige Kirche nicht mehr. Sie fuhr in die Stadt. Aber wozu brauchte sie die Kirche? Na wirklich, wozu? Vielleicht war das wegen diesem verbrannten Jungen? Vielleicht war das alles nur wegen ihm? Vielleicht für ihn?

Zuletzt war in Alek der Verdacht aufgestiegen, daß Frau Mariola vielleicht nicht nur wegen der Kirche in die Stadt fuhr. Daher war er einmal mit ihr gefahren, angeblich, um etwas zu erledigen. Er stieg in den Autobus, sie aber schaute nicht einmal zu ihm hin. Das ärgerte ihn ziemlich. Er setzte sich nicht zu ihr. In der Stadt verfolgte er jede ihrer Bewegungen. Es stellte sich heraus, daß sie geradewegs in die Bibliothek ging. Das beruhigte ihn. Wenn sie lesen wollte, dann sollte sie nur lesen. Nur daß sie von der Bibliothek direkt zum Friedhof ging. Den Grabstein, bei dem sie sich niedersetzte, hatte sie nur kurz gesucht, als hätte sie genau gewußt, wo er war. Sicher wußte sie es. Sicher war sie nicht zum ersten Mal hierher gekommen. Sicher für diesen Grünschnabel, dessen Häufchen Asche jetzt im Sarg lag, der mit seiner länglichen Gestalt vorgab, daß er einen Körper in sich barg.

Frau Mariola war so versunken in die Lektüre und das seufzende Betrachten der Fotografie auf dem Grabstein, daß sie Alek nicht bemerkte, der nur ein paar Gräber weiter hinter ihr saß. Er beobachtete, wie ihr Rücken von den Sonnenstrahlen gewärmt wurde, die sich mit Mühe durch die Zweige der Bäume drängten, welche hier wuchsen. Es war ihm angenehm zu sehen, wie Frau Mariola immer wieder eine unwillkürliche Handbewegung machte, um die herabfallende Haarsträhne hinter die Ohren zu streichen. Er dachte, daß es sich lohnen würde, Kinder mit ihr zu haben. Sie könnte aus der Siedlung ausziehen und bei ihm wohnen. Er würde ihr in der Kneipe und mit den Kindern zur Hand gehen. Er würde sich um sie kümmern und ihr sicher keine bösen Worte sagen. Kein einziges Mal. Nicht einmal, wenn sie ihn ärgerte. Und wenn sie wollte, dann könnte er sein Trinken einschränken, und vielleicht sogar das Rauchen, kein Problem! Wie er so träumte, kam ihm in den Sinn, daß er noch nie auf diese Weise an eine Frau gedacht hatte.

Erst nach etwa einer Stunde stand sie von der Bank auf. Alek ging zum Kreuz hin, vor dem sie so lange Zeit verbracht hatte. Sein Verdacht bestätigte sich. Von der Fotografie blickte ihn ein bekanntes Gesicht an. Obwohl er es vielleicht nur zweimal gesehen hatte, in der Kneipe, erkannte er es jetzt mit Sicherheit wieder. Der Grünschnabel, der verbrannt war wie ein Zündholz! Verdammte Hurerei!

Verewigt auf der Fotografie – noch dazu mit diesem Lächeln –, wird er immer hübsch und immer jung bleiben! Er wird nie älter werden! Das war ungerecht. Lebende haben gegenüber ewig jungen Erinnerungen keine Chance. Sie werden älter, und sie sterben, während das in der Erinnerung erstarrte Bild für immer frisch und lebendig bleibt.

Frau Mariola ging tatsächlich herum wie verzaubert. Seit dieser Junge umgekommen war, konnte sie nicht aufhören, an ihn zu denken. Sie hatte sogar in Erfahrung gebracht, wann sein Begräbnis stattfand, und als es so weit war, fuhr sie, ohne lange zu überlegen, in die Stadt.

Sie sah seine Mutter. Eine teuer gekleidete, gepflegte Frau. Die Tränen verwischten ihre Schminke nicht. Doch Frau Mariola schien es, als ob sie gar nicht so heftig weinte. Die Tränen rannen ihr so aus den Augen, daß sie sie, ehe sie noch den Augenwinkel verlassen hatten, mit dem Tüchlein getrocknet hatte. Noch dazu zwinkerte sie ständig, um überhaupt etwas aus den Augen zu pressen. So als würde sie nicht weinen, sondern nur versuchen zu weinen, und das auch nur, damit alle sahen, wie schrecklich sie sich nach dem Verlust des einzigen Sohnes fühlte und wie ehrlich sie um ihn trauerte.

Es war überhaupt ein seltsames Begräbnis. Ganz kurz und mit wenigen Leuten. Und die, die gekommen waren, waren eher Bekannte der Mutter und nicht des Sohnes. Gut gekleidete, nach teuren Parfums duftende, sich aufrecht haltende, so weit ihnen das die großen Bäuche gestatteten, Businessmänner. Obwohl da auch die drei waren, mit denen der Junge immer einen Zehntelliter Wodka gekippt hatte, bevor er auf den Mast geklettert war, um das Gleichgewichtsorgan im Ohr zu betäuben. Nach einem Zehntelliter dreht das Gleichgewichtsorgan nicht durch, sondern verhält sich ruhig, und dann können Hände und Füße ihre Arbeit verrichten, während der Kopf irgendwo oben in den Wolken steckt und nicht vor dem Abgrund unter sich zittert.

Nach dem Begräbnis stellte sich heraus, daß fast niemand außer Frau Mariola das Grab besuchte. Jedes Mal, wenn sie auf den Friedhof kam, räumte sie die verwelkten Blumen weg, die sie zuvor selber gebracht hatte, und warf die leeren Hüllen ihrer Grabkerzen auf den Abfall. Nur zu Allerseelen gab es auch fremde Kerzen und Blumen. Ja, und zum Geburtstag und Todestag des Jungen immer eine große Kerze und ein Bukett roter Rosen, gewiß von der Mutter.

»Ich bin unfruchtbar und hätte mit dir kein Kind haben können. Du warst selber noch ein Kind, und es wäre wohl nichts aus uns geworden.« Sie fühlte, daß die Situation sie auf eine Ebene mit den Helden jener billigen Romanzen stellte, die sie in letzter Zeit verschlang. Sie fühlte, wie sich ihr Denken verfeinerte.

»Aber warum mußte das ausgerechnet mich treffen? Es gibt so viele Burschen ringsum. Die haben mir immer gefallen. Warum quälst du mich und läßt nicht zu, daß ich dich vergesse?« Das dachte sie jedes Mal am Grab des Geliebten, der es nicht geschafft hatte, sie zu lieben.

Als Alek wieder einmal Frau Mariola traf, nahm er seinen Mut zusammen und sprach sie an. Sie war gerade am Weg zur Haltestelle. Sicher wollte sie in die Kirche und zum Friedhof. Er hatte schon zwei Bier intus, die bewirkten, daß sein Blut ruhiger durch die Adern floß. Als er sie jedoch sah, begann sein Herz so heftig zu schlagen, daß ihm ganz schwarz vor den Augen wurde.

»Warum servierst du nicht in der Kneipe?« Es war wohl das erste Mal, daß er sie duzte.

Sie hörte das gar nicht und wäre an ihm vorbeigegangen, wenn er nicht ihren Arm ergriffen hätte.

»Was ist?« rief sie erschrocken.

»Ich … Warum servierst du nicht in der Kneipe, sondern diese, wie heißt sie nur?« wiederholte er. Was hätte er auch sonst sagen sollen?

»Es serviert Zocha, na und, schlecht?« Sie machte sich los.

»Nein, nein, aber …«, er stand verwirrt da und sah ihre Augen sanfter werden. Noch nie zuvor hatte er sich so beschämt gefühlt. Sie aber stand da, als hätte sie etwas vergessen und versuchte, sich das jetzt in Erinnerung zu rufen. Schließlich flüsterte sie irgendwie bittend:

»Ich kann nicht … ich kann nicht …« Alek war überzeugt, daß sie im nächsten Moment zu weinen beginnen würde, sie aber senkte bloß den Kopf und ging raschen Schrittes weiter.

Nach dieser Begegnung fühlte sich Alek, als habe er nicht zwei, sondern zehn Bier getrunken. Er ging, ohne zu wissen, wohin. Als er auf der anderen Seite des Sees zu sich kam, stellte er fest, daß es nicht weit zu Sękowiak war, den er lange nicht mehr gesehen hatte. Das war sicher vor der Abreise nach Amerika gewesen. Daher kaufte er eine Flasche in dem Laden, der sich, seit die Fremden auf Sękowiaks Grund ihre Ferienhäuser aus Sperrholz bauten, zu einem regelrechten Feinkostladen entwickelt hatte.

Alek war fertig und machte den Hosenschlitz zu. Entleert und ohne zu denken ging er zurück zu Sękowiak. Seine Beine waren ein wenig kraftlos, und er ließ sich schwerfällig beim Tisch nieder. Der Selbstgebrannte wartete im Glas.

Zwei junge Mädchen kamen mit leeren Wasserkanistern aus Plastik in den Hof.

»Ihr wißt, wo?« rief Sękowiak ihnen zu. Die Mädchen nickten und verschwanden im Stall, wo aus dem Estrich ein völlig mit Hühnerscheiße verklebter Wasserhahn ragte. Eines der Mädchen hängte angeekelt den Griff des Kanisters über den Hahn und drehte das Wasser auf. Der saubere Strahl hob sich durch sein fröhliches Sprudeln vom Dreck ringsum ab. Die Kühle des Wassers streichelte über die jungen Gesichter, und die Mädchen starrten versonnen in das glucksende Innere des Kanisters – nur um den überall herrschenden Dreck zu vergessen.

Sękowiak gab inzwischen Alek eine Erläuterung, als wisse der nichts:

»Es herrscht jetzt ziemliches Gedränge bei mir. Sie kommen, um Trinkwasser zu schöpfen. Ich nehme einen Złoty für den Kanister. Da kommt auch immer etwas zusammen, hab ich recht?!«

Alek nickte. Sękowiak schnalzte mit der Zunge:

»Die aus der Stadt blitzen regelrecht ... Fesch sind die, Hurerei, fesch. Nicht so wie meine Andzia. Weißt du, früher einmal war die auch nicht zu verachten. Ich hab sie bei einem Fest kennengelernt.« Er geriet ins Träumen. »Sie hatte so einen dicken Zopf, Titten und einen Arsch. Wie sie jung war, da hatte sie alles. Du weißt, wie das ist. Aber jetzt ... Sie läßt mich nicht einmal mehr heran an sich. Sie verlangt, daß ich mich waschen soll, bevor ich ins Bett geh! Kannst du dir das vorstellen?!«

Die Mädchen kamen aus dem Stall. Sie gingen gebückt unter der Last der vollen Kanister. Schüchtern sagten sie: »Danke schön und auf Wiedersehen«, worauf Sękowiak ihnen mit schmierigem Lächeln einen Kuß zuwarf. Im Eingang zum Hof blieben sie kurz stehen. Sie unterhielten sich offenbar mit jemandem. Sękowiak hörte die Stimme Andzias. Dann sah er sie. Sie schritt eilig über den Hof. Zu eilig. Das war kein gutes Zeichen.

»Trinkst du schon wieder?« Sie warf Alek nicht einmal einen Blick zu.

»Was soll ich denn machen?« jammerte Sękowiak.

»Was du machen sollst?! Was du machen sollst?! Ich werd dir gleich sagen, was du machen sollst!«

»Vielleicht sagst du zuerst einmal guten Tag«, sagte Sękowiak, auf Alek zeigend.

»Er trinkt ständig«, unwillkürlich wandte sie sich an den Gast. »Er macht nichts anderes, nur trinken. Er entschuldigt das mit seinem Bein …«

»Gib doch Ruhe!« Sękowiak wedelte mit der Hand.

»Ruhe? Ruhe?« begann sie zu schreien, aber das hörte Alek schon nicht mehr. Er trank sein Glas aus und spuckte auf den Boden. Er sah, wie der Speichel vom Staub eingehüllt wurde und eine filigrane Dreckkugel bildete. Sonst nichts. Das deprimierte ihn. Er nahm den Hut vom Tisch und verließ wortlos den Hof.

Sękowiak und Andzia schauten vor sich hin. Im nächsten Moment würde Sękowiak mit seiner Frau zu schreien beginnen, sie habe den Gast beleidigt. Dann würde Andzia, die Gleichgültige spielend, sich abwenden und aufreizend langsam ins Haus gehen, wobei sie den Vorhang öffnete. Sękowiak würde noch ein wenig herumschreien, aber dann aufhören, weil ein Fremder mit einem Plastikkanister in den Hof kommen würde, um Wasser zu holen.

Manchmal tritt der Fluß über die Ufer. Vor allem wenn der Schnee schmilzt oder es geregnet hat. In der Siedlung, die am nächsten zum Fluß lag, wurden Sandsäcke vorbereitet. Aus Jute, damit das Wasser einsickern kann. Die Menschen arbeiteten schwer. Aus den Säcken errichteten sie Wälle, wobei sie im Schlamm wateten. Die Kleider wurden braun. Die Gestalten sahen aus wie aus Erde geformt. Sie bewegten sich, als hätten sie nicht genug Kraft oder verspürten keine rechte Lust. Für viele war das die erste Arbeit seit langem. Und sie bekamen nichts dafür. Sie hatten höchstens etwas zu verlieren, wenn sie die Arbeit nicht machten. Aber was konnten sie schon verlieren? Die vom Schwamm befallenen Wohnblocks in der Kolchose?

Sie arbeiteten ohne unnötige Hast, eigentlich ganz ruhig. Es konnte sie nichts mehr überraschen. Ein Hochwasser? Wenn es kommt, dann kommt es – wäre das etwa zum ersten Mal? Die Gewöhnung erlaubte es ihnen nicht, sich jene noch größere Armut vorzustellen, die sie erwartete, wenn das Wasser kam. Ärger konnte es doch nicht mehr werden. Und nur das Bewußtsein, daß es schon irgendwie werden würde, weil es schließlich nie so ist, daß es nicht irgendwie werden wird, vermochte sie zu trösten.

Die Leute aus der Siedlung gehörten hierher. Sie konnten nicht von hier fortgehen. Für Marian Zygmunt wäre die ganze Umgebung ohne sie ganz einfach zu sauber, zu gleichmäßig, zu leer gewesen. Ihr Geruch, selbst wenn es eigentlich ein Gestank war, und ihre Stimmen, selbst wenn es Geschrei war, waren jedenfalls vertraut. Marian Zygmunt wußte, daß ihn der Verlust der Arbeit bei den nächsten Entlassungen in der Möbelfabrik seinen Kumpels näher bringen würde. Dann würde er voll und ganz zu ihnen gehören. In gemeinsamer Armut, und nicht wie bisher mit dem Kainszeichen der Arbeit auf der Stirn.

Am lautesten waren in der Kolchosensiedlung die Kinder. Gemeinsam mit kläffenden Kötern tollten sie einem vor den Füßen herum. Sie hatten viel Kraft, die in der erwachsenen Welt nichts Gutes verhieß. Für die Kinder war immer etwas los. Für die Erwachsenen nicht. Die Erwachsenen sahen erschöpft aus, und zwar nicht, weil sie aus Säcken Wälle aufschichteten, denn dabei konnten sie sich ausruhen – sie waren erschöpft, weil es außer dem Aufschichten der Säcke keine Arbeit für sie gab. Was denn für eine? Sie legen die Säcke hin, der Fluß wird über die Ufer treten, und wenn er über die Ufer tritt, dann wird das Wasser wieder fallen, und was kommt dann? Wieder dasselbe. Warten … Und nur von Zeit zu Zeit ein schwefelig schmeckender Selbstgebrannter, damit die Welt nicht nach dem Fisch stinkt, der einem am liebsten in den Rachen springen und den Wurm schlucken würde, der im Gewissen sitzt.

Sonne und nicht nur

Einmal trank Myśliwski mit Alek Wodka. Ein einziges Mal tranken sie zusammen, und das auch nur, weil beide in letzter Zeit viel tranken. Daher fiel es ihnen leichter, sich zu einem gemeinsamen Besäufnis zusammenzufinden.

Nach dem Mittagessen, zu dem Myśliwski manchmal nach der Arbeit einlud, blieb Alek noch eine Weile, um eine Zigarette zu rauchen. Sie saßen im Hof. Der Rauch der Zigarette kräuselte sich in einer dünnen Fahne nach oben. Irgendwo in der Höhe wurde sie von einem leichten Hauch verblasen, der jedoch stark genug war, um sie zu zerstören. Vom Rauch blieb nur der beißende Geruch übrig. Schließlich wurde auch der vom Duft der Erde und Luft verschluckt.

Myśliwski nickte der Krankenschwester zu, die jetzt bei Maria und in der Küche beschäftigt war. Eine Professionalistin. Sie verstand untrüglich, was Józef wollte. Alek hatte kaum die Zigarette entzündet, da glänzte schon die eisbeschlagene Wodkaflasche vor ihm in der Sonne.

»Trinken wir«, sagte Myśliwski, und Alek spuckte in die Wiese, wie immer, bevor er trank. Schweigend tranken sie, und als sie die Welt schon etwas verändert zu sehen begannen, fragte Józef Alek:

»Was willst du jetzt machen?«

»Ich gehe.«

»Ist dir die Arbeit bei mir langweilig geworden?«

»Was für eine Arbeit? Im niedergebrannten Sägewerk?« schnaubte Alek. Er setzte seinen Cowboyhut auf, als habe er die Absicht, sich auf der Stelle aufzumachen.

»Da sind noch die Felder.«

»Die kümmern mich einen Schwanz. Sie sagen, du hast es selber angezündet«, fügte Alek nach einer Weile hinzu.

»Glaubst du das?«

Alek antwortete nicht. Er wärmte sein Gesicht in der Sonne.

»Weißt du, bei Sękowiak war auch einmal so ein Cowboy«, hob Myśliwski bedächtig an, wobei er Alek aufmerksam beobachtete, der nach der Zigarettenschachtel griff. »Er ist mit so einem Hut herumgelaufen wie du, nur daß er noch Stiefel mit Sporen trug.« Myśliwski füllte wieder die Gläser. »Eigentlich war er ein Wichser. Man weiß ja, ein Fremder.«

Alek blickte in die Sonne und kniff die Augen zusammen, als interessierte ihn nichts außer der Wärme in seinem Gesicht.

»Eines Tages kehrte der Cowboy von einem Besäufnis heim«, fuhr Myśliwski fort, »und fiel in das Löschbekken, das neben der Feuerwehrremise lag. Sie suchten ihn drei Tage lang. Erst als sein Hut an die Oberfläche kam, wußten sie, wo sie suchen mußten. Sie legten das Becken trocken und schütteten es dann zu.«

Alek stand auf und sagte: »Ich weiß, was du mit meiner Schwester gemacht hast. Meinst du, ich weiß es nicht? Alle wissen es. Nur sie ist so dumm, daß sie nichts sagt, weil ihr das offenbar so gefällt. Ich mische mich nicht ein, aber ich will mir das nicht länger anschauen.« Er brach für einen Moment ab, als müsse er überlegen, ob er weitersprechen solle oder nicht. Doch dann sagte er: »Warum soll ich meinem Schwager die Gurgel durchschneiden? Um dann wegen einem blöden Weib, das mir wurscht ist, im Gefängnis zu sitzen? Außerdem hilft ihr jetzt sowieso nichts mehr. Dir auch nicht«, sagte er und spuckte aus, um das Böse abzuwenden.

Myśliwski nahm die Worte ruhig hin. Er schenkte noch einmal die Gläser voll. Nur daß Alek nicht mehr die Absicht hatte, mit ihm zu trinken. Er wandte sich ab und ging, seine Silhouette erschien schwarz in der Sonne. Myśliwski trank den Wodka allein aus.

Das fiel ihm nicht leicht. Sein Kopf wurde nach unten gezogen, dazu kam, daß der Wodka schon warm war. Józef hustete ausgiebig. Er mußte etwas ausspucken, was ihm in der Speiseröhre steckte und den Atem nahm. Schließlich spuckte er den unsichtbaren Feind aus.

Durch die Luft trieb Rapsstaub wie Schnee. Die Sonne machte jedes winzige Element sichtbar. Die genaue Beobachtung eines dieser Elemente bewirkte, daß sich ein Mensch wie ein hingeworfenes, von keinem benötigtes Staubkorn fühlte. Józef Myśliwski wollte das gar nicht sehen. Er war hart wie Stein, aber allergisch gegen den Staub in der Luft, der ihn in einen Schwamm verwandelte, und dann litt er, obwohl er, wie üblich, so tat, als sei alles in Ordnung. Der Staub raubte ihm brutal das Gefühl, anders zu sein. Er zerstörte sein Selbstbewußtsein, und nun erinnerte sich Myśliwski mit einem Mal deutlich an die Szene auf der Straße mit Pasieka und den Bauern, und an sein Gespräch mit Panek, und an die überall herumschnüffelnden Exekutoren … Zum ersten Mal, seit er sich erinnern konnte, hatte er das Gefühl, daß er nicht derselbe Józef war, an den er sich gewöhnt hatte.

Um sich nicht selber untreu zu werden, hob er die Flasche mit einer fahrigen Bewegung zum Mund. Er verschluckte sich, begann zu spucken. Es schoß ihm aus der Nase. Die Krankenpflegerin kam gelaufen. Er kläffte sie an wie ein Hund, worauf sie sich sofort in den Schatten zurückzog. Aus dem schützenden Halbdunkel sah sie, wie eine Macht Józef in die Knie drückte. Und als er schon kniete, beutelte diese Macht ihn ein paarmal hin und her, denn die Krankenschwester konnte nicht glauben, daß Józef weinte.

Maria saß einsam in ihrem Zimmer und starrte auf das Aquarium, das Krzysztof für sie angelegt hatte. Es war ziemlich groß und faßte an die hundert Liter, doch das Leben darin starb langsam ab. Seit Krzysztof nicht mehr kam, war Maria mit der Pflege des Aquariums überfordert. Trotzdem erlaubte sie keinem, sich ihm zu nähern. Zumindest das wollte sie nur für sich haben, selbst wenn es absterben sollte.

Krzysztof mußte irgendwo in der Stadt sein. Maria hatte keine Ahnung, was er dort machte. Sie hatte Sehnsucht nach ihm. In den paar Wochen nach ihrem Unfall hatte er ihr sehr geholfen. Vielleicht gab es da eine Hoffnung, noch einmal alles zu kitten. Doch es war bald so gekommen, wie es kommen mußte.

Krzysztof zerkrachte sich mit Józef. Zum ersten Mal wegen der Mutter. Das alles sei nur wegen Józef so gekommen, und es gehe ihm auf den Arsch. Er könne das nicht mehr mitansehen, seine Huren und überhaupt das ganze Vermögen, das nicht mehr da sei, er bekomme hier keine Luft mehr und überhaupt … Er verlangte die Schlüssel für den Mercedes. Józef war zu müde, um zu kämpfen. Als sei er zusammen mit dem Sägewerk verbrannt. Er gab Krzysztof den Wagen. Außerdem hatte die Bank ohnehin schon danach gefragt, sicher würden sie bald kommen, um ihn abzuholen. Wenn sie sahen, daß der Mercedes weg war, würden sie einen Wirbel schlagen, dann würde man weitersehen. Wenigstens konnte sein Sohn noch ein wenig damit herumfahren. Die Räder spuckten Myśliwski eine Staubwolke ins Gesicht.

Später rief Krzysztof noch ein paarmal an und nannte die Nummer eines Kontos, auf das ihm Józef Geld überweisen sollte. Falls der Vater das nicht machen würde, so drohte er, sei er gezwungen, die Hilfe seiner Kumpel in Anspruch zu nehmen, die er in der Haft kennengelernt hatte. Józef sagte Maria nichts von den Telefonaten, aber das Geld schickte er auch nicht. Woher hätte er es nehmen sollen? Sich aus dem Hintern holen? Schließlich rief Krzysztof nicht mehr an. Die Drohungen beschränkten sich auf die Telefonanrufe. Józef vergaß Krzysztof. Als hätte er nie einen Sohn gehabt. Er hörte auch auf, sich um seine Geschäfte zu kümmern. Er hatte keine Lust mehr. Er zahlte nicht einmal mehr etwas für Marias Pflege, und auch Tosiek gab er kein Geld, der immer noch in der Wirtschaft herummachte, ohne daß dabei etwas herausschaute. Am Ende schickte Józef die Krankenschwester weg, und damit gab es keinen mehr, der sich um Maria und das Haus kümmerte.

Józef ging tagelang über die Felder und trank. Er sprach viel mit sich selber. Jetzt können sich die Banken das holen, was vom Sägewerk geblieben ist. Die sollen ihm den Buckel runterrutschen! Den Rest können sie sich vom Grund holen. Er hat es satt. Das, was ihm bleibt, wird ihm immer noch einiges Geld einbringen, denn irgendwann werden sie eine Autobahn bauen müssen, um die Stadt mit dem übrigen Land zu verbinden, und diese Autobahn wird über seinen Grund führen. Dann wird er alles verkaufen, Hurerei, und wieder Geld haben, aber nur, um sich damit den Arsch zu wischen, bis alles vorbei ist. Höchstens daß die Schulden höher sind als der Wert seines Grundes. Wenn das so ist, dann ist alles kaputt! Warum hat er nur diese Wechsel unterschrieben, Hurerei verfluchte?

Einmal stand er vor der Blauen Madonna und sah ihr ins Gesicht. Als wollte er sie zum Leben erwecken. Er schaute und schaute, und je länger er schaute, desto weiter lehnte er sich zurück. Bis er die Wolken im Himmel sah, und in den Wolken ein Loch wie ein strahlendes Auge. Und das Auge wanderte mit dem Wind, und der Blick von oben wanderte mit dem Wind. Unten auf der Erde waren die Menschen für das Auge so klein, daß es sie nicht einmal bemerkte. Es wußte nicht, was sie antrieb, obwohl sie herumgingen, fuhren und schrieen. Vielleicht konnte nur ein Schrei bis zum Auge vordringen. Doch das Auge hörte den Schrei nicht, weil es schließlich nur ein Auge war. Es sah auch kein Weinen und kein Lachen, weil das alles für das Auge zu klein und unverständlich war.

Józef lag im Staub des Weges und schaute in das strahlende Auge. Er verspürte eine große Angst. Die Angst war so groß, daß er nicht einmal Kraft genug hatte, um nach der Flasche zu greifen, die auf den Weg gefallen war und aus der jetzt der Wodka sickerte. Józef schwebte über sich selber und sah, daß er oben am Kopf kahl wurde. Wie die schüchterne Andeutung eines Heiligenscheines, dabei war das nur ein Stempel, der das Wirken der Zeit erklären sollte.

Józef hatte jede Zeitrechnung verloren. Er schwebte leicht über seinem eigenen Körper, den er nicht mehr spürte und in dem er sich selber nur mit Mühe erkannte. Er war wie der Stamm eines liegenden Baumes. Unten am Boden lag reglos etwas, was äußerlich Józef darstellte. Ein wenig darüber öffnete sich ein Gedanke, in dem niemand Józef erkannt hätte, weil es schwerfällt, einen Gedanken zu sehen, dafür erkannte Józef sich selber dank dieses Gedankens.

Er sah gleichzeitig das Kind, den Mann und den Alten. Das Kind, das so fest verankert in der Gegenwart lebte, weil es keine Ahnung von der Zukunft hatte, so wie ihm auch jede Sehnsucht nach der Vergangenheit fremd war, weil es davon noch zuwenig erlebt hatte. Er sah den Mann, der sich auf seine Vorhaben konzentrierte, und den Alten, der zunehmend an Kräften verlor. Ihre Gesichter und Gefühle schoben sich übereinander, wobei die Milliarden Sekunden, in die Józef zerfiel, zu einem einzigen Punkt verschmolzen.

Aus diesem Grund versteckte sich Józef im selben Moment vor einem Freund aus der Nachbarschaft, der ihn suchte. Und im selben Moment spürte er unter seinen Fingern die Rauheit der duftenden Rinde, er spürte sie so deutlich, daß er sich daran hätte verletzen können, wenn er stärker zugedrückt hätte. Doch die Finger verlängerten sich wie Zweige, und die Hand wuchs, bis sie härter war als Holz. Dann klopfte die Hand den Brettern auf den Rücken, die aufgeladen und aus dem Sägewerk geführt wurden, vielleicht für ein Bett für den Alten, in dem Józef sich selber erkannte, der nichts mehr tun konnte, außer dazuliegen, bis er, zu steif, um zu protestieren, in das Holz gelegt wurde, und mit dem Holz in die Erde, in die Grube, aber nicht für Ewigkeit Amen, weil Józef von unten als Kind wieder seinen Vater sah, so groß, daß er die Sonne verdeckte. Doch Józef hatte als schmarotzende Pflanze den Vater bald eingeholt, und er rankte sich bis zu seinen Augen empor, und sie sahen einander in die Augen, und dieses Blickduell gewann Józef, so daß die

Gestalt des Vaters schrumpfte und er sie nun von oben betrachten konnte. Nur daß er im selben Moment den Schatten seines eigenen Sohnes über sich spürte, und als er sich umwandte, erkannte er, daß der Sohn über ihm stand und er, gebeugt, von unten den Blick des Sohnes aufzufangen versuchte, irgendwo dort oben, schon zu weit oben …

Er fühlte im Mund die Milch der Mutter, die bitter wurde vom Wodka und den Zigaretten – den sauren Geschmack des Tabaks, hinuntergespült mit Wodka, der in Gestalt von Milch den Magen des Säuglings füllte. Er verstand den Moment, in dem das Kind erkennt, daß die Welt nicht nur aus dem Ich besteht, sondern auch aus Er und Sie, und aus allen den Dingen, an die man anrennen konnte. Und gleichzeitig begriff er, wie man sich die Dinge dienstbar machen konnte.

Er sah seine erste Liebe, natürlich zu einem älteren Mädchen. Ihr Mund war leicht verzogen in einem Ausdruck der Überlegenheit gegenüber dem Grünschnabel, der ihr nachstellte. Da erkannte er das Gefühl, das sich nicht darauf beschränkt, selbstsüchtig Milch aus der Brust zu saugen, sich mit Süßigkeiten vollzustopfen, sorglos im Hof herumzutollen, den ersten Alkohol zu trinken, nur so zum Vergnügen. Nun ging es darum, daß vor allem sie sich wohl fühlte, und er erst durch sie. Doch das kam nur ein einziges Mal vor, und er vergaß es bald wieder.

Das Leben überzeugte ihn, daß es wichtig war, vor allem sich selber Annehmlichkeiten zu verschaffen. Dieser Wunsch bewirkte jedoch, daß er ständig unzufrieden war, denn wenn er sich nur etwas weniger als wohl fühlte, glaubte er sofort, es gehe ihm sehr schlecht. Eine unübersehbare Anzahl von Körpern strömte auf Józef ein wie ein Strom Wasser. Tausende Freuden und leere Stimmen. Sinnlose Gespräche, Gesten und Worte, bar jeder zusammenhängenden Konstruktion. Dazu kam die kahle Stelle oben auf seinem Kopf, und dann zersprang der Moment, auf den sich sein ganzes Leben konzentrierte, in einer krampfhaften Bewegung seines Herzens in tausend Stücke. Wieder war Józef ein Bankrotteur, der Mann Marias, die im Rollstuhl saß, und der Vater Krzysztofs, der überall dort war, wo seine Eltern nicht waren. In diesem Augenblick erwachte Józef und fiel wieder in seinen Körper zurück.

Erst Tosiek stellte ihn wieder auf die Beine. Er kam zu Fuß, weil sie ihnen den Jeep schon längst weggenommen hatten. Er packte den Chef unter den Achseln, hob ihn hoch und führte ihn nach Hause. Und als er ihn so schleppte, spürte er, daß der Chef nicht länger der Chef war, sondern ein Sack verfaulter Kartoffeln. Zum Wegwerfen. Und er tat ihm leid. Denn er wußte sehr gut, wie das war.

Ein andermal suchte Myśliwski den Teufelsstein auf. Er steckte die Finger in die Spalte und beschloß, ihn auseinanderzureißen. Er begann zu brüllen vor Anstrengung, und seine Muskeln wurden hart wie Stein. Doch gleich darauf wurden sie wieder weich, und Myśliwski begann zu zittern. Er hatte seine Hand bis aufs Blut aufgeschürft und am ganzen Leib zu schwitzen begonnen, nun kühlte ihn der Wind erbarmungslos ab. Der Spalt im Stein war um keinen Fingernagelbreit größer geworden.

»Was mache ich da? Was mache ich, Hurerei verfluchte?!«

Myśliwski setzte sich erschöpft neben dem Stein nieder und schnaufte schwer. Wie er so dasaß, spürte er, daß in seinem Kopf etwas zum Leben erwachte und ihm Gedanken diktierte, aus denen er sich jedoch nichts herauszulesen vermochte:

Seinem Vater war am Ende des Lebens das Gehirn verbrannt, in seinem Kopf war nur Asche geblieben. Nur der leichte Hauch von Erinnerungen an längst vergangene Zeiten hatte diesen Haufen Staub zu bewegen vermocht, doch das nebelhafte Bild, das daraus entstand, war von kurzer Dauer. Wenn sich der Vater an etwas erinnern konnte, dann höchstens an die Zeit, als er jung gewesen war. Seine Augen begannen ungesund zu glänzen, und er starrte vor sich, als könne er das essen, was er sah. Und er aß sehr viel. Wenn ihm das Essen nicht zugeteilt worden wäre, dann hätte er ohne Unterlaß gegessen. Er hatte einfach vergessen, daß man aufhören muß. Wie ein Automat, den man unterbrechen muß, weil er selber nicht imstande ist, eine Entscheidung zu treffen. Der Vater vergaß ganz einfach. Das war sehr belastend für die gesamte Familie. Für ihn selber nicht. Er war jenseits der Welt.

Er konnte sich an nichts von dem erinnern, was gestern gewesen war. Er vergaß sogar, daß er einen Sohn hatte. An seine Frau konnte er sich nur aus den ersten Jahren der Ehe erinnern. Er konnte nicht begreifen, daß sie schon lange nicht mehr lebte. Er war überzeugt, daß sie immer noch zusammen waren. Vielleicht lachte er deshalb so oft in sich hinein. Versunken in ein Bild seiner

Vorstellung, glaubte er an seine Realität, die ihn glücklich machte. Früher hatte der Vater die Mutter geliebt, doch dieses Früher war für ihn jetzt!

Er fühlte keine Schmerzen, weil er sich nur mit den Schmerzen vor vielen Jahren zu identifizieren vermochte, die Zeit aber bewirkte, daß von diesen Schmerzen nur mehr Attrappen übrigblieben. Manchmal deutete er auf ein Glas und fragte, was das sei, als sei in ihm nur die Neugierde des Kindes noch nicht abgestorben, die nach einer sofortigen Befriedigung verlangt. Wenn man ihm jedoch erklärte, daß das ein Glas war und wozu es diente, konnte er sich schon nicht mehr daran erinnern. Er lag nur wortlos im Lehnstuhl, mit Sinn und ohne Sinn im Kopf.

Der Vater war lange, wenn auch schmerzlos gestorben. Er hatte immer weniger von dem verstanden, was um ihn herum geschah. Oft stank er, weil er sich anmachte. Man mußte ihm Windeln anlegen, den Hintern wischen, ihn waschen, die verhornten Finger- und Zehennägel schneiden, ihn ankleiden, ihm den Mund wischen, aus dem ihm der Speichel tropfte. Er nahm an keiner dieser Tätigkeiten Anteil. Er war wie eine Puppe, mit der Kinder spielen, die sich total auf ihr Spiel konzentrieren, während die Puppe selber sich nichts daraus macht.

Er starb, gesund am Leib, doch ohne Gehirn. Józef dachte, daß ihn nach dem Gesetz der Vererbung dasselbe Schicksal treffen würde. Daran glaubte er, war aber nicht sicher, ob so ein Ende besser wäre oder schlechter. Natürlich sagte man, daß das Ende für alle gleich sei und es keine Bedeutung habe, was wir auf dem Weg dorthin erlitten hätten. Und doch erscheint einem der Weg vermutlich schrecklicher als das Ende selber. Jeder möchte, daß er sowenig Schmerzen wie möglich empfindet. Manchen ist es auch wichtig, daß sie bis zum Ende eine würdige Erscheinung abgeben. Daß man sich an ihren Mut angesichts des Todes erinnert. Daß sie angeblich keine Angst verspürt haben.

Józef konnte sich an die ganze Zeit erinnern, die er mit dem Vater zugebracht hatte. Die Monate des Sterbens zerstörten alles, was er an seinem Vater bewundert und verurteilt hatte. Seine Hilflosigkeit machte ihn wütend. Um ihn nicht wegen seines Alters zu hassen, in dem er aufging, versuchte Józef, sich Bilder von vor Jahren ins Gedächtnis zu rufen. Zum Beispiel jenes, wie ihn der Vater in die Luft geworfen hatte, wobei er sich um die eigene Achse gedreht und die ganze Welt verschwommen gesehen hatte, bis es im Hals kitzelte, doch Angst hatte er keine empfunden, weil er wußte, daß der Vater ihn auffangen würde.

Auch wenn er sich noch so bemühte, gelang es ihm nicht, diese Erinnerungen auf den Alten zu übertragen, der ihm aus den Händen rutschte, wenn er ihn in die Wanne zu setzen versuchte. So als wäre der junge Vater wirklich gewesen, der hier hingegen bloß eine Erscheinung aus einem Alptraum.

Die Berührung des vertrockneten Körpers erweckte in ihm Ekel. Nie zuvor waren sie einander so nahe gewesen, nur daß der Vater wie aus Holz war. Wie ein Möbelstück, das man abwischen, waschen und füttern mußte – Tätigkeiten, die sich nur Józef bewußt machte.

Wenn er die Nacktheit des Vaters sah, war ihm das peinlich. Als würde er unverfroren etwas ansehen, was ihm bislang verboten war. In seiner Jugend war der Vater stets angekleidet gewesen, zugeknöpft bis zum Kragen; wenn er am Morgen die Toilette aufsuchte, trug er einen Pyjama. Józef hatte ihn nur ein einziges Mal ohne Unterhemd und mit kurzen Hosen gesehen.

Die Tür zum Schlafzimmer der Eltern war immer geschlossen. Ihre Körper existierten für den Sohn nicht. Nur die Gesichter, die Kleidung und die Hände. Erst als er bei einem Freund den ersten Porno sah, begann er sich Gedanken zu machen. Um so mehr, als der Freund ihm einzureden versuchte, daß ihre Alten auch so was machen mußten. Im Kerl, der das Mädel von hinten packte, sah er den Vater, im Mädel die Mutter. In einem Moment veränderte sich seine Welt. Das erschreckte ihn, weshalb er sich mit seinem Freund fürchterlich betrank. Bis er die ganze Kindheit herauskotzte.

Doch jetzt hatte der alte Körper des Vaters, der zum ersten Mal vor dem Sohn völlig entblößt war, keinen Rest Leben mehr in sich. Die Mutter war längst in der Erde zerfallen, und die Eltern hatten das Geheimnis ihrer Nacktheit, die nur existiert, wenn sie jung ist, mit sich genommen. Nach ihrem Tod verstand Józef, daß der Mensch wirklich allein ist.

Er blieb beim Vater bis ans Ende. Als er starb, zog Józef aufs Land. Und jetzt hatte er eine Frau, die ebenfalls hilflos war wie eine Puppe. Davor hatte er Angst, weil er seine Frau, so wie den Vater, nicht liebte. Doch etwas, mit dem er zur Welt gekommen war, befahl ihm, bei ihr zu bleiben. Bis ans Ende. Wie beim Vater.

Warum dachte er an ihn? Vielleicht ist es so, daß im Menschen, wenn er keinen mehr hat, an den er sich wenden könnte, Geister erwachen, die er längst vergessen hat, während sie ihn nicht vergaßen.

Die Menschen ließen Myśliwski seltsamerweise in Ruhe. Einige meinten, er sei für seinen Reichtum bestraft worden. Die meisten hatten ihn jedoch im Verdacht, daß er eine neue List ausheckte, um damit sein Vermögen noch weiter zu vergrößern. In der Zwischenzeit saß Myśliwski im Hof, schaute auf die Brandstätte, die vom Sägewerk übriggeblieben war, und wartete darauf, daß ihm der Wind die Asche ins Gesicht blies. Er morschte von innen heraus. Er hatte keine Knochen mehr, nur mehr Moder. Ein paar Hühner liefen um seine Füße herum. Von Zeit zu Zeit peckte eines nach seinem Schnürsenkel, weil es dachte, der sei ein Wurm. Die Hühner dachten, Józef dachte schon nicht mehr. Das schien ihn zu beruhigen. Er brauchte nichts mehr. Vielleicht nur mehr den Schnaps.

Wenn er etwas weniger trank, kam er wieder zu sich. In solchen Momenten begann er zu reisen. Ohne sich von der Stelle zu rühren, besuchte er alle Länder der Erde, die es gegeben hatte, gibt und geben wird. Seine Phantasie, unbelastet von jeglichem Wissen, zeigte ihm Bilder, so bunt, daß nur ein Kind sie sich leisten konnte. Józef floh von hier, weil ihn das Hier ermüdete und er von hier bereits alles wußte und nicht länger hier sein mußte, um zu wissen, daß er für immer hier festsitzen würde. Wie ein Baum, der sich von selber nicht von der Stelle bewegt.

Auf dem Tisch in der Küche lag eine Vorladung zu Gericht. Er war der Hauptverdächtige in der Brandlegung im Sägewerk, und dann sollte er noch einige Unregelmäßigkeiten bei der Führung der Firma aufklären. Er konnte sich nicht mehr erinnern, welcher Termin ihm gesetzt worden war, zu dem er bei Gericht erscheinen mußte. Das war ihm auch gleichgültig. Wenn sie sich tatsächlich für seine Person interessierten, dann würden sie ihn holen kommen. Er hatte zu nichts mehr Lust.

Und dann kamen sie. Der Polizeiwagen war wie aus einem Traum. Józef schämte sich für nichts. Er fühlte sich sogar erleichtert. Für einige Zeit würde er keine Entscheidungen mehr treffen müssen. Er war völlig ruhig, als er in den Funkwagen stieg. Es war ihm gelungen, sich von der Angst zu befreien. Er hatte sich an den Gedanken gewöhnt, daß er von seinem Besitz, da er ihn nicht abbezahlt hatte, nicht sagen konnte, er gehöre ihm, und da er nicht ihm gehörte, konnten sie ihm eigentlich auch nichts wegnehmen. Natürlich sprach der Brand des Sägewerks nicht zu seinen Gunsten, obwohl es schwierig sein würde, ihm nachzuweisen, daß er es angezündet hatte. Und wenn etwas mit den Geschäften nicht stimmte, dann mußten sie ihm das erst beweisen. Im schlimmsten Fall würde er einige Zeit an einem Ort sitzen. Dann würde er freigehen, und man würde ihm alle Sünden erlassen, sogar die erfundenen. Von ihm aus. Was kümmerte es ihn! Wichtig war nur, daß er endlich ausruhen konnte.

Maria tauchte einstweilen in die Welt unter Wasser ein. Das vernachlässigte Aquarium sah nicht gut aus. Die hungrigen Fische bissen einander die Flossen ab. Es blieben nur Fetzen davon übrig. Unten am Grund dümpelte ein weißlicher Körper mit ausgefressenen Augen. So ein toter Fisch sah aus wie die Larve einer Fleischfliege. Er steckte im schleimigen Belag, der in einer dicken Schicht den Boden bedeckte. Die Blätter der Pflanzen waren durchsichtig. Dort, wo kein Licht hinkam, war das Grün dem Braun der Fäulnis gewichen. Die Scheiben waren bewachsen von einer Schicht Algen, die das Sonnenlicht schluckten. Maria sah das herzlos mit an. Sie war bloß neugierig, wann das zu Ende sein und wie dieses Ende aussehen würde.

Sie dachte an Józef und Krzysztof. Sie machte sich Vorwürfe, daß sie sie nicht das gelehrt hatte, was in ihrem Inneren steckte und wovon sie glaubte, daß es gut war. Obwohl sie selber nicht wußte, was sie ihnen beibringen sollte, glaubte sie, daß sie, wenn sie dasselbe gefühlt hätten wie sie, jetzt bei ihr wären. Vielleicht hatte sie das damals gewußt, als sie sich noch nicht sonderlich angestrengt hatte. Als sie jedoch gesehen hatte, daß Józef sie betrog und sich dann grundlos über sie ärgerte, und als er sie dann zum ersten Mal schlug, begann sie sich anzustrengen. Sie hatte noch einige Zeit daran gedacht, wie es war, wenn alles in Ordnung ist. Aus diesem Grund hatte sie sich nicht aufgegeben. Doch je mehr sie sich bemüht hatte, desto schlimmer war es geworden. Sie hatte immer gemeint, sie sei zu schwach und Józef zu stark. Jetzt stellte sich heraus, daß sie beide schwach waren. Es schien so, als hätten sie einander nie wirklich kennengelernt. Als hätten sie immer nebeneinander her gelebt. Nie miteinander. Dann hatte sie den Sohn verloren, von dem jetzt keiner wußte, wo er war. Er hatte sich davongemacht, und sie war allein geblieben. In ihren Träumen nur sah sie, wie der Sohn zu ihr zurückkehrte und sie so ehrlich anlächelte, als wäre er nach wie vor ihr kleines Kind.

Alek ging auch fort von hier, obwohl das niemanden interessierte. Er blieb kurz inmitten der Felder stehen und fragte sich, ob er wirklich gehen solle. Er sah das Sägewerk, das schon kein Sägewerk mehr war, und Myśliwskis Haus, die hellen Furchen der Wege und den Himmel, so weit, daß man fliegen wollte. Etwas weiter entfernt sah er in einer Biegung sein eigenes Haus. Außen die geweißten Mauern, im Inneren leer. Ohne Frau, ohne Möbel. Da waren noch die Kapelle der Blauen Madonna, die wie ein Splitter im Auge war, und die Kolchosensiedlung, die nach Armut stank, und die Felder. Jaaa – die Felder. Der Wind rauschte über ihnen wie das Meer. Es war schön hier, kein Zweifel, aber für ihn war es trotzdem zu eng. Zu eng, weil er zu lang an einem Ort war.

»Warum sitze ich hier noch herum?« dachte er. »Alle gehen weg, und was ist mit mir? Ich bin doch immer gegangen, wohin ich wollte« – und er ging los.

Es war alles so, wie es sein sollte. Der Horizont, der Sonnenuntergang, vor dem Hintergrund des Sonnenuntergangs die dunkle Gestalt, die auf den Horizont zu schritt und schließlich irgendwo dort verschwand, irgendwo dort … Allein und wortlos. Ohne äußerlichen Gedanken. Präzis vollendet im Umriß ihres Körpers, der wie ein Schwamm die Sonne in sich aufsog.

Ein großes Epos aus Bulgarien zu Beginn des 20. Jahrhunderts

Familienbrand erzählt die Familiengeschichte der Weltschevs. Petruniza, die Witwe des alten Assen Weltschev, lebt mit ihren fünf Kindern in Widin, einer verschlafenen Kleinstadt am Unterlauf der Donau. Zu Beginn des 20. Jahrhunderts wird auch Widin in den Strom der Politik gerissen; in diesen unruhigen Zeiten suchen die Brüder Weltschev ihr Glück auf unterschiedliche Weise: Panto macht Karriere als Bankier, Ilija als Fabrikant und Ausbeuter. Christo, der sich für den Sozialismus begeistert, wird zum Helden wider Willen, und Jordan will eine Kirche bauen, einen Ort der Buße, doch es wird eine Raststätte, ein Ort der Muße für Sünder aller Art. Die Zukunft aber, die kann nur Jonka erkennen, die als Einzige in der Familie hellseherische Fähigkeiten hat.

Deuticke Zsolnay

Aus dem Bulgarischen von Thomas Frahm
768 Seiten. Gebunden
www.zsolnay.at